京都西陣なごみ植物店

「紫式部の白いバラ」の謎

仲町六絵

PHP
文芸文庫

○本表紙デザイン＋ロゴ＝川上成夫

目次

挿絵
ふすい

目次・章扉デザイン
bookwall

第一話　逆さまのチューリップ

春の女神がいるとしたら、どんな姿なのだろう。

京都府立植物園・広報部一年目の神苗健《かみなえたけし》は昔からそんなことを考えていた。植物園に就職するよりも前、もっと言えば、大学の史学科に入る前からだ。

日本の神様ならば、佐保姫《さほひめ》という女神がいる。伝承によると春の霞《かすみ》や桜を衣にしていたらしい。

西洋なら、画家ボッティチェリの『春』に描かれた花の女神フローラ。薄い衣に花を飾った、金髪の女性だ。

どちらにしても架空の存在なのだが、神苗はただ一人だけ現実の女性を見て「春の女神だ」と思ったことがある。

チューリップの咲き誇る植物園で、春の陽光を浴びながら、真剣白刃取りのポーズをした二十歳の娘。

真剣白刃取りとは、振り下ろされる刀身を両手で挟んで防ぐ技だ。神苗自身、漫画や時代劇でしか見たことがなかったが、とにかくこう思った。

春の女神が真剣白刃取りをしている、と。

*

桜吹雪の舞う広場で、のびやかにチューリップが咲き誇っている。

府立植物園の正門花壇は、今が一年で最も華やかな時期だ。

京都盆地を囲む山々を借景《しゃっけい》に、大きく育った桜の林が桜吹雪を散らし、広大な花壇に赤いチューリップが咲く。

ドーム型の巨大な温室は、蘭やサボテンや不可思議な花の咲く熱帯植物を内側で育《はぐく》みながら、陽光にきらめいている。

——ここが僕の職場になったんだよなあ。

学生時代から見ている風景に、新たな感慨《かんがい》を覚える。

京都の公立大の史学科に入った当初は研究者を志していたが、教授から「歴史研究の道に進みたければ、暇さえあれば古文書を読んで、なおかつそれを楽しめるくらいでないと厳しい」と言われて公務員への道を選んだ。

安直な決断だったろうか、と若干《じゃっかん》思いはしたものの、大学の成績がそこそこ良かったのが幸いしてか、府立植物園でイベントの企画や広告の制作、その他雑務を担当する職員になれた。

学生時代から漏れ聞いてはいたが植物園のイベントは多彩で、江戸時代の植物画や戦前の植物学者を講演会などで紹介することもある。歴史に関する知識を活かせそうな点は喜ばしいが、就職していまだ数日、正直なところ右も左も分からないに等しい。

――簡単な書類やデータの作成ばっかりで、目が疲れた……。

上司の指示が悪いとは思わない。やれる仕事の幅が少ないので、自然と同じ作業ばかり任されてしまうのが神苗の現状であった。

今日も昼食は、園の外にある食堂で済ませた。あとは午後の始業時間まで、山と桜とチューリップの織りなす風景を眺めて疲れを癒《いや》そうか。

神苗はぼんやりと花壇を眺めた。

どのチューリップも同じ高さ、同じ開き具合に調整してあるが、それを実現するのは簡単ではない。バックヤードと呼ばれる裏方部門を担当する技術職員たちが、このチューリップ花壇の美しさを支えているらしい。

桜吹雪が舞い、神苗の着ている薄緑の作業服の胸元にもちらちらと飛んできた。

――平和だなあ。

チューリップを背景に、若いカップルが写真を撮っている。

少し離れたところでは、幼い女の子が画用紙に描いた絵を母親に見せている。女の子は何かを一生懸命に主張しているようだ。

　――あれぐらい小さい頃、チューリップの歌を習ったっけ。

　神苗は、幼い頃に覚えた花を思い浮かべた。チューリップ、ひまわり、桜、梅、朝顔、三色スミレ。

　朗《ほが》らかでいて郷愁《きょうしゅう》を誘う花々は、植物園としても無視できない存在だ。珍しい植物を集めて保存するだけでなく、幼い子どもを含めた市民の憩《いこ》いの場を作ることも植物園の使命なのだから。

　……などと勤勉なことを考えつつも、神苗はいつの間にか、前方に立つ一人の人物を目で追っていた。

　背中まで届く長い黒髪と、薄く柔らかそうな生地《きじ》を重ねたスカートがそよ風になびいている。肌の色は白い。カットソーの淡いクリーム色が、目に心地良い。

　小柄で儚《はかな》い雰囲気に見えたが、くっきりした大きな目と直線的な眉《まゆ》がその印象を裏切っている。ただ立っているだけなのに、なぜか惹《ひ》きつけられる。

　――二十歳くらい。学生かな。

　目が離せないのは、たぶん表情の明るさのせいだ。なびく髪をかき上げながらチューリップを眺めるまなざしは、あたたかく満ち足りている。

　――あの子も小さい頃、チューリップを家族で見た思い出があるのかな。

幸せそうな表情を見て、学生時代から気にかかっていた架空の存在が思い浮かぶ。

——春の女神だ。

チューリップが風に揺れ、あちこちで黄色や白の蝶が舞う。

上昇する蝶たちを見ていた春の女神が、満ち足りた顔のまま神苗を見た。幸せなひとときに、たまたま植物園の職員が目に入った——という風に。

うん、いいものを見た、と思った時、強い風が吹いた。小さい子どもの「あーっ」という声が上がり、春の女神がそちらを振り返る。

白い画用紙が一枚、風に舞っていた。

画用紙に緑や黄色のクレヨンで何かが描かれているのを、神苗は見た。

「大事なもの……！」

と口走ったのは、春の女神その人だった。

白い両手が上がり、はっしと画用紙をつかまえた。さながら、時代劇で見た真剣白刃取りのように。

「折れたり傷《いた》んだりしてないといいけど……」

画用紙を挟んだ手を、そろそろと下ろす。そこへ、幼い女の子が駆けてきた。後ろには母親もいる。先ほど見かけた親子だ、と神苗は気づいた。

「その絵、まみちゃんがかいたの！　つかまえてくれて、ありがと！」

女の子が両腕を上げた。表彰状を授与《じゅよ》するような手つきで、春の女神が画用紙を渡す。

「はい。上手だねっ。黄色いのはチューリップかな？」

「チューリップなの！　いっぱい、逆さまに咲いてたの！」

「逆さま？」

聞き返した春の女神に、母親が「すみません」と言う。

「この子、ずっと前に行った旅行で逆さまのチューリップを見たって言うんですけれど……。そういうものは、どこにあるんでしょうねえ……あの、職員さん？」

母親が「職員さん」と呼んだのは、もちろん神苗だ。下はスラックスで上には薄緑の作業服を着ているので、職員と気づいたのだろう。

「ちょっとお尋ねしたいと思って、植物園に来たのですが」

「はい？」

神苗は親子に駆け寄った。行きがかり上だろう、春の女神も一緒に待っているのが嬉しい。

「この絵みたいに逆さまに咲くチューリップって、どこにあるんでしょうか……？」

母親が差し出した絵は、なごやかな行楽の図であった。

真ん中に大きく描かれている四角い自動車は、バスだろう。後ろの方に大人の男性と女性が一人ずつ、そして女の子が一人乗っている。先頭に小さく運転手も描いてあるあたりが賢い。

バスの周りには緑のとんがった山がいくつも描かれている。子どもの絵によくある遠近法を無視した描き方で、緑の三角模様をちりばめたようだ。

その三角模様に混じって、黄色いチューリップが逆さまに描かれていた。

全体的に普通のチューリップだが、天地が逆だ。

葉や茎《くき》の根元が上、花びらが下。つまり、百八十度逆に描かれている。

空中からぶらりと垂れ下がったようなそのチューリップは一ヶ所に集中している。全部で七本。どれも地面に向かって花開き、細く尖《とが》った葉はすべて下を向いている。

「こうやって、咲いてたの！」

女の子は両の手のひらを合わせてチューリップの形にすると、下に向けてみせた。

「そういう品種が、あるんでしょうか？」

植物園の業務すらまだ覚えはじめたところだというのに、チューリップの珍しい品種などとても把握《はあく》しきれるものではない。

春の女神がこちらに注目しているが、残念ながらこの質問はお手上げだ。

「すみませんが、聞いたことがありませんね……」

神苗がそう言ったとたん、母親が深い落胆の表情を浮かべた。まるで一大事であるかのように。

「あのっ、もしよろしければ、職員の中に詳しい者がいないか聞いてみますが……」

誠実に正直に、と考えると、こういう頼りない答えになってしまう。職員の中で誰がチューリップの種類に詳しいか、という点も分からないのだ。

「わたしが探しましょうか？」

そう言ったのは、春の女神だった。

「わたし、植物の探偵なんです」

――探偵？　探偵って、シャーロック・ホームズとか、明智小五郎《あけちこごろう》とか、そういう？

聞き間違いか、と神苗は思った。

母親もそう感じたようだ。

「植物の……すみません、もう一回言っていただけますか？」

「探偵です。シャーロック・ホームズや、明智小五郎みたいな」

例に挙げたのが自分のイメージした探偵たちとそっくり同じで、気が合うな、と神苗は思った。

「探偵さん？」

母親があっけに取られた顔になる。神苗も、どう返していいか言葉が浮かばない。しかし「植物の探偵」という自称からして、殺人事件を解決するわけではなさそうだ。

「たんていってなーに？」

女の子が不思議そうな口調で聞いた。

「探偵はね、分からないことの答えや、探し物を見つけるの」

春の女神、いや、探偵は華奢《きゃしゃ》なバッグを探って名刺入れを取り出した。

「よろしくお願いします」

と、母親と神苗に名刺を手渡す。

神苗は自分も名刺を手渡すと、探偵の名刺をしげしげと見た。

植物の探偵
和久井実菜

　氏名にWAKUI　MINAと振り仮名が振られている。その横には京都市内の住所と電話番号、「なごみ植物店」という店名が記されていた。

「姉が、西陣《にしじん》にある花屋で店長をしています。わたしはこの春に園芸の専門学校を出て店員になったんですけど、植物の探偵も兼ねてるんです」

「なるほど」

　相手の素性《すじょう》がだんだん分かってきて、神苗は安心した。なぜ探偵を、とは思うのだが、植物に縁のある職業ならそんな発想も浮かんでくるものなのかもしれない。

「なごみ植物店さん、聞いたことがありますよ」

　退屈そうに足踏みするわが子の頭をなでながら、母親が言った。

「普段使いの花も、お茶席の花も扱ってくれるって評判で……」

「はいっ」

　実菜は元気よく言った。

「京都の花屋ですから、お茶席大歓迎です。今の時期なら茶花《ちゃばな》の王様牡丹《ぼたん》！」

「茶花って？」

　さほど詳しくないと白状しているようなものだが、神苗はつい尋ねてしまった。

「お茶席で床《とこ》に活ける花のことですよー。基本は剣山《けんざん》も支えにする道具も使わずに、そのまま花器に入れちゃいます。投げ入れっていうんですけど」

そこまで話してくれるなら、と思い、さらに質問してみる。

「えっと、牡丹って高級だし、花びらがひらひらして傷《いた》みやすそうじゃないですか。苗じゃなく切り花でも売ってるんですか?」

「もちろんですよー。うまく活ければ一週間くらいきれいなままです。水切りっていって、水の中でもう一度茎《くき》を切ると、たくさん水を吸い上げてくれるんですよ」

「知りませんでした」

「あと、今なら菖蒲《しょうぶ》も出てますよ。活けるための花器や剣山も各種取りそろえてます……あっ、探偵の話をしてたのに、花屋の宣伝までしちゃった?」

申し訳なさそうに笑うと、くっきりした眉が優しい雰囲気に変わった。

「しゃべり過ぎちゃってすみません」

「僕も色々、質問しちゃいました」

謝る二人に、母親は「いえいえ」と手を振ってみせた。

「花屋さんという本拠があるなら、植物の探偵さんを名乗るのも納得できますし……和久井さんに、チューリップ探しをお願いします。この子がどんなチューリップを見たのか、ぜひ知りたいんです」

どこかすがるような調子で、母親は言った。娘が見た珍しいチューリップを探してほしい、という事情にしては若干《じゃっかん》大げさな気もする。

――でも、この子に任せて大丈夫かな。僕もそうだけどまだ社会人一年目だぞ。

神苗が内心で心配していると、実菜はメモ帳を取り出した。

「じゃあ、少しお聞きしますね。そのチューリップはどこで見たんですか？」

「バス！　お山を通ったの」

女の子が元気に答えた。母親が「ちょっと、お母さんにも話をさせてね」と頭をなでてやる。

「何日か前、この子が保育園で描いた絵がこれなんです。九月の連休にバスを使って和歌山県の親戚の家に行ったんですが、その時の様子を描いたのだそうで」

「おとうさんもおかあさんも、寝てたんだよ！　逆さまにいっぱいチューリップ咲いてて、すごかったのに！」

母親は困り顔で娘の頰をつついた。

「あんまり長い路線バスだったものですから、ついうとうとと……。いつもは特急電車で海沿いを走って行くんですけれど、一度和歌山県の南部までバスで行ってみようかって話になって。あら、脱線しましたね」

「いえっ、大丈夫ですよー」

実菜はさらさらとメモを書き進めている。

「ちょっと探してみますね。連絡先をこのメモに書いていただけます？」

——これで終わり？　まさか、これっぽっちの手がかりでいいのか？

目を丸くしていると、実菜がこちらを見た。

「神苗さん、そろそろお昼休みが終わるんじゃないですか？」

可愛い声で名字を呼ばれてドキリとしたが、そんな場合ではない。時計を見れば十二時二十分。広報部の事務所に、あと十分で行かなくてはならない。この広い植物園を、徒歩で。

「すぐ戻らないと！　あの、これで失礼いたします……？」

母親が「はい、まあ、休憩中にすみません」と詫び、神苗は慌てて「いえいえ！」と首を振った。

なぜ広報部の昼休みが十二時半までだと把握《はあく》しているのだろう、それとも単なる推測か、と思って神苗は実菜の顔を見た。実菜はすぐに察したようだ。

「なごみ植物店は以前から府立植物園とお取引させていただいているので、ちょっとだけお仕事のスケジュールが分かるんです。今日植物園に来たのは、久々に取引先を見学しようと思って」

「そうだったんですね。お世話になってます」

取引先ならば今後、実菜と顔を合わせることもあるかもしれない。その可能性を考えると顔がほころぶ。

「それじゃ。見つかるといいですね」

自分でも浮かれた声だと思う。

事務所へと大股で歩きながら、実菜が無事に依頼をこなせるように、という願いが胸の中でふくらんでくるのを感じた。

――何日かしたら、店へ聞きに行っても変じゃないよな。

神苗は無意識に、もらった名刺の入った胸ポケットに手を当てていた。

＊

京都市街の北部にある府立植物園から南西に向かってしばらくバスに乗れば、西陣と呼ばれる地域に着く。

北野天満宮《きたのてんまんぐう》や晴明《せいめい》神社など、有名な神社が古都の歴史を感じさせる。

古い時計塔や細い路地が、ひっそりと戦前の空気を醸《かも》し出す。

西陣織を生産している織屋のそばに来れば、規則正しい機織《はたお》りの音に癒される。

――観光ガイドに大きく載る地域じゃないけど、何となく居心地がいいんだよな。

史学科出身の神苗にとって西陣は「京都市考古資料館のある場所」だが、そぞろ歩きが楽しい場所でもある。

京都らしく、西陣の建物の間口《まぐち》はおおむね狭い。

商店はあるが、派手すぎる看板やBGMに接することはまずない。

木造の町家だけでなく、新しい住宅も外壁や塀の造りが落ち着いている。

そんな西陣の奥まった一角に、なごみ植物店はあった。

──愛されてる店だな。

短い横断歩道の手前からショーウィンドウを見て、神苗は直感した。

四月のこの季節にふさわしい、赤やピンクや白、黄色のチューリップ。

スイートピーやカーネーションなど値の張らない切り花と、それらを使ったアレンジメント。

白や紫の、蘭の豪華な鉢植え。

牡丹と菖蒲を見て、三日前に実菜が宣伝していたのを思い出す。

来月の子どもの日のために、ミニサイズの鯉のぼりも陳列《ちんれつ》している。アレンジメントに添えるための飾りだろう。

──ご家庭からお茶席まで、小さなお店で多様なニーズに応えます……ってとこだな。

信号が青になるのを待ちつつ、頭の中でキャッチコピーを書いてみる。

広報部の職員としては、ポスターの文言《もんごん》やプレスリリースなどをすばやく作成する技能も必要だからだ。

――しかし、「逆さまに咲く黄色いチューリップ」なんてあるかなあ。

なごみ植物店のショーウィンドウに並ぶ色とりどりのチューリップを見つめて、考え込んでしまう。


三日前、実菜と出会った直後に広報部の上司に尋ねてみたが、逆さまに咲くチューリップなど聞いたことがないという。

なごみ植物店の方が近くにいて、引き受けてくれました――と神苗が言うと、上司は「あの店の、妹さんの方？　学校出て京都に帰ってきはったんか。ほんなら心配いらんわ」とあっさり納得した。店そのものが数年来の取引先であるせいか、実菜はすでに信用を築いているらしい。

それでもどうにも気になって、神苗は昨日、業務用の携帯電話からなごみ植物店に電話をかけた。

するとすぐに実菜が出て「あの件なら解決しましたよっ」と言ったので驚いた。

たった二日で解決したとは。

本当にあったんですね、逆さまのチューリップは……と神苗が言うと、実菜は「あったとも言えるし、なかったとも言えます」と、よく分からない答え方をした。そして「明日、まみちゃんのお母さんが来るんですけど、神苗さんもおいでになります？」と聞くので、神苗は思わず「行きます」と答えたのだった。

ちょうど休みの日であったし謎の答えも知りたかったからだが、実菜ともっと話してみたい、という思いも強い。いったいなぜ、「植物の探偵」なのか。


これまでのいきさつを思い返しているうちに、信号が青に変わった。

横断歩道を渡りはじめた神苗は、店内の人影に気づいた。

胡蝶蘭《こちょうらん》の鉢植えの向こうに、誰かの後ろ姿がちらりと動く。

実菜さんかな、と神苗は思う。

トレーナーにエプロンをかけているようだ。野球帽を後ろ前にかぶり、右手にはドリルを持っている。

――えーと、なぜドリルを……？

強盗、という可能性が脳裏《のうり》をよぎる。

もしやあれは実菜ではなく暴漢《ぼうかん》で、実菜と姉はドリルで脅《おど》されているのではないか――と物騒《ぶっそう》な想像をしたあたりで、店の前に着いた。

「こんにちは」

なにげない振りを装《よそお》ってドアを開けると、ドリルを持った人物が振り返った。

ごついゴーグル、顔面のほとんどを覆《おお》う手ぬぐい。思わず神苗は身構えた。

「こんにちはっ、神苗さん！」

声を聞いて確信する。やはり実菜だ。

――怪奇、ドリル娘！

広報部らしくキャッチコピーが浮かんでしまったが、今その技能は要《い》らない。

「春の女神からドリル娘へ身をやつした理由とは……」と漫画的なアオリ文句も浮かぶが、使い道がない。

「作業中にすみません」

何の作業か分からないが、とにかく何かしていたようだ。

「いいえー、ようこそっ」

湯飲みがいくつも置かれた作業台に、実菜はドリルを置いた。ゴーグルが外され、手ぬぐいと野球帽が取り除かれ、可愛らしい顔があらわになる。

「あの、神苗さんに一つお聞きしたいんですけど」

「え、何でしょうか」

ひょっとしたら僕個人のことを聞かれるのかな、と淡い期待を抱いてしまう。

「楓《かえで》の赤ちゃんって、何色が似合うと思いますっ？」

「え、誰ですか楓さんって？」

「えっと、誰かって聞かれると……楓なんですけど」

何のことですかと言いたくなった時、トントンと足音が聞こえてきた。

「あ、お姉ちゃん」

レジ横の階段を下りてきたエプロン姿の女性に、実菜が呼びかける。

「こんにちは。府立植物園の、神苗さん？」

店長がこちらを見てほほえむ。実菜よりも六、七歳年上だろうか。実菜の持っている陽気さをしっとりした色気で包んだような、大人の女性だ。

「は、はい。初めまして」

「妹がお世話になったようで……どうぞよろしくお願いいたします」

名刺を渡されて、神苗も急いで名刺を交換する。

姉の名刺には、「なごみ植物店　店長　和久井花弥《かや》」とある。なるほど、姉の名は弥栄《いやさか》に栄える花を表し、妹の名は果実と葉野菜を表すらしい。

――親御さんが植物好きなのかな？

そう思うとほほえましい。

「実菜ちゃん？」

花弥が妹を優しく呼んだ。

「なあに、お姉ちゃん」

「『なあに』やないわ、聞こえてたで？　神苗さんに、さっきの話分かりやすく説明してあげて」

「あ、楓さんの赤ちゃんですよね」

神苗が言うと、花弥は困ったような笑みを浮かべた。

「ごめんなさいね、二階からちょっと聞こえたんやけど、この子は物言いが時々不思議なことになるもんやから」

「あ、いえいえ」

実菜はいわゆる「不思議ちゃん」であるらしい。しかし、風に飛んだ女の子の絵をはっしと受け止め、しかも絵が傷ついていないかを気にするあたり、とても優しい子だと神苗は思う。

「一から説明するとですね」

と、実菜はドリルを持ち上げる。

「このドリルでミニサイズの盆栽《ぼんさい》を作ろうとしてたんです」

「ドリルで盆栽、ですか」

「古道具市で昔のお湯飲みを買ってきて、底にドリルで穴を開けて、ちっちゃな植木鉢にするんです」

そういう盆栽の作り方があるのだ、と神苗は初めて知った。

「危なくないですか？　万一、破片が飛んだりしたら」

「はい、なので、ゴーグルと手ぬぐいで顔面を覆って保護してみました！　かっこよかったですか？」

「かっこいいかどうかは分からないけど、安全第一で良いと思います」

率直に神苗が答えると、花弥が黙って苦笑を向けてきた。女性に対して気の利《き》いた返答ができないのは自覚しているので、ほうっておいてほしい。

「そうやってできたちっちゃな植木鉢に、庭に生《は》えてきたばっかりの楓の苗を植えて、ミニ盆栽。というわけですっ」

「ああ、そういうわけで。僕はてっきり、楓さんって人に赤ちゃんが生まれたのかと。楓の若い苗の話だったんですね」

「はいっ」

なるほど、説明されてみれば不思議ではない。湯飲みに植えられるほど小さい苗だから、楓の赤ちゃん、というわけだ。

「ミニ盆栽ですか……。ただ単に仕入れた花を売るだけじゃないんですね」

言った後で「失礼かな」と神苗は思ったが、花弥は何でもない風に「花や草木を楽しんでほしいですからね」と言った。

「実菜ちゃん、そろそろ来はるんちゃう？　依頼人さん」

「うん、作業台のあたり片付けるね」

「そうだ、どうだったんですか？　例のチューリップ」

「お母さんのお話と、地図を手がかりに見つけましたっ」

「妹はこう言うてますけど、植物のことばっかり考えてるからですよ。見つけられた理由」

「お姉ちゃんっ、褒《ほ》めてるの？　けなしてるの？」

「うふふ、褒めてるやないの」

「えー、ほんとー？」

唇を尖《とが》らせた実菜は、「あっ」と小さく声を上げた。あの母親が、ショーウィンドウごしに会釈《えしゃく》している。

よく見ると、あの女の子も一緒だ。母親にぴったりと寄り添っている。

「いらっしゃいませ！」

実菜が入口を開けると、女の子は「お姉ちゃん、こんにちはっ」と挨拶《あいさつ》した。

「おじゃまします。評判は聞いてましたけども、きれいなお店ですねえ」

左右を見回し、娘の手を引きながら、母親は店に入ってきた。

「おかあさん、こいのぼりがあるねー」

娘は、ミニサイズの鯉のぼりが一番気になるようだ。

「奥へどうぞ。こちらが探偵事務所ですので」

花弥がレジの裏のドアを開ける。

自分も探偵事務所とやらに入って良いのか、神苗は迷った。

すると実菜が、

「植物園の神苗さんも一緒でいいですか？　探偵助手候補なんです」

と言い出した。

――助手って僕のことか？　候補って、いつの間に？　何やるんだその役職？

質問したい事項が多すぎて、言葉が出ない。

「はい、かまいません」

神苗が動揺している間に母親が快諾《かいだく》した。女の子も不満はないのか黙っている。

僕が助手なんて聞いてませんよ――と神苗は言いかけたが、逆さまのチューリップの謎はやはり気になる。

「お姉ちゃん、お店の方お願いします」

「はいはい、どうぞごゆっくり」

結局何も口答えしないまま、神苗は実菜と母子に続いた。

「探偵事務所」は、奥行きのある十畳ほどの部屋であった。

本棚の上や窓際に観葉植物が並び、四人掛けのテーブルの中央には桃色のガーベラが低めに活けられている。

探偵事務所というよりは、緑の多い書斎兼客間という印象だ。

――探偵事務所ってもっとこう、ハイテクな機器が置いてあるんじゃないのか。と思ったものの、神苗自身どんな部屋が探偵らしいのかよく分からない。

「どうぞおかけになってくださいねー、今お茶を淹《い》れますから。お子さんもいるから緑茶はよして、あったかい麦茶でいいですか？」

隅に設置されたミニキッチンへ向かう実菜に、神苗も母親も同時に「おかまいなく」と声をかける。互いに目が合って「どうも」というような視線を交わしつつ、椅子に腰掛けた。

「ねー、まみちゃんは、おかあさんといす、どっちにすわればいい？」

娘の質問に、母は自分のひざをたたいてみせた。

依頼人は、市川貴美子《いちかわきみこ》と名乗った。母親から一文字取って、娘は真美と名付けたという。

「真美ちゃん、絵が上手ですよねえ」

大きな急須《きゅうす》から麦茶を注ぎ分けながら、実菜は褒めた。

「ありがとー!」

母のひざの上で、真美が屈託《くったく》なく礼を言う。

「ありがとうございます。娘が楽しそうに描くのが、こっちも見ていて嬉しくて。それであの……逆さまに咲くチューリップが見つかった、とお電話で伺《うかが》ったんですけれど」

「そうなんです。正確には、真美ちゃんが九月の連休に見て『逆さまのチューリップだ』って記憶した花」

貴美子がけげんな顔になる。

実菜は湯飲みを盆に載せながら、

「神苗さん、そこの棚にある緑のファイルを開いてもらえます?」

と言った。

——さっそく助手扱いか。いや、助手候補扱いか。

心の中でこっそりぼやく。案外、実菜は人使いが荒いかもしれない。

テーブル脇の棚に置かれた緑色の真新しいファイルを、神苗は手に取った。表紙に貼られたシールには『探偵ファイル　4月』とある。

「一ページ目に写真があります」

言われるままに表紙を開く。

そこにあったのは、黄色いチューリップを根元から百八十度ひっくり返したような花であった。

「おかあさんっ！　これ！　これが咲いてたの！　きいろのチューリップが、さかさまでしょ？」

――違う。

という言葉を、神苗は呑みこんだ。

ほとんど垂直に近い岩壁から、細い滝のように垂れ下がっている植物。花はチューリップにそっくりだが、花びらの質感が固い。葉もチューリップと同じように尖っているが、明らかに別の植物だ。葉脈《ようみゃく》がくっきりしていて緑色が濃く、たっぷりと茂っている。

「真美。これだったんだねえ」

貴美子が、ひざに座る娘に語りかける。

「うん。バスの窓から見えたの」

実菜は湯気の立つ麦茶を静かにテーブルに置いていき、自分も椅子に腰掛けた。

そうしながらも母子の会話に注意を払っている気配を、神苗は感じた。

「お姉ちゃんに、ありがとうって言おうね」

貴美子が娘を促《うなが》した。

「うんっ。おねえちゃん、おかあさんにも見せてくれて、ありがとっ」

「どういたしまして！　写真はもう一枚ありますから、差し上げますね」

「あ、あの」

神苗は、軽く挙手《きよしゆ》しながら実菜に話しかけた。

「はい何でしょう、神苗さん」

「植物園の職員なのにこんなこと聞くのはあれですけど……結局この花、何という花なんですか？」

探偵と称するからには「この植物は何々です」とズバリと言い当てると思っていたのに、やけに出し惜しみするではないか。

「あ、ごめんなさい後回しにしちゃって」

実菜が困ったような笑いを浮かべた。

「あれっ？」

と言ったのは、真美だ。

「これ、チューリップじゃないの……？　めずらしいチューリップで、すごいと思ったのに」

不満と悲しみが、幼い顔に浮かぶ。

出し惜しみではなかった。実菜はこれを心配していたのか、と神苗は察した。

大人でも、間違いを指摘されてショックを受けることはある。幼い子どもなら、なおさらショックだろう。来店した母子に対して実菜が「チューリップじゃありませんよ」といきなり断言しなかったのは、おそらくこのためだ。

フォローせねば、と神苗は思った。

「あのね、僕みたいな大人でも知らない花だから。それに、チューリップに似てるって気づいた真美ちゃんは、すごいよ」

「ほんと？」

真美が心細げに尋ねてくる。

「ほんとだよ！」

心からの言葉である。別々の植物が持つ形態的な類似に気づいたのだから、幼いながら抽象的な思考ができるということだ。

「キイジョウロウホトトギス」

呪文めいた言葉を、実菜が発した。神苗はとっさに「え？　ホトトギス？　鳥の？」と言ってしまう。

実菜は、にっこりと笑って神苗を見た。

「この植物の名前です。漢字でこう書きます」

実菜はメモ帳に植物の名を記した。

紀伊上臈杜鵑

「まあ……難しい字」

貴美子の言う通りだ。神苗も「紀伊」「上臈」までは余裕だが「杜鵑」という字は難しいと思う。

実菜は漢字の隣に、「キイジョウロウホトトギス」と片仮名で書き添えた。

「紀伊は和歌山県の古い呼び名。上臈は複数の意味があるけれど、一言でまとめちゃうと身分が高い人のこと。杜鵑は鳥の名前でもあるけれど、植物にも『ホトトギス属』と呼ばれる植物群があります。優美な姿から『山里の貴婦人』とも呼ばれ、和歌山県すさみ町では十月に『紀伊ジョウロウホトトギス祭』が開かれています。フォトコンテストが有名なんですよ」

実菜の説明を聞きながら、貴美子はメモ帳の字を見つめていた。

「初めて知りました……珍しい植物なんですか？」

「珍しいですよ。紀伊半島南部……というか、紀伊山地の固有種です。崖から垂れ下がるように咲くんですけど、最近は減ってます。採集されてしまったり、道路の拡張工事があったり」

　道路、ああそうか、と神苗は思い至る。

「それって、山の中に道路を通す時に岩壁をコンクリートで固めてしまうから、ですよね」

「そうなんです、神苗さん。キイジョウロウホトトギスの生える場所と、工事しなきゃいけない場所がかぶってる」

　実菜はファイルをめくった。今度は写真ではなく、書類だ。

「環境省のレッドデータブックです。和歌山県と奈良県、三重県で絶滅危惧《きぐ》Ⅱ類。つまりキイジョウロウホトトギスは、とても珍しい」

　実菜は書類から顔を上げて、真美を見た。

「だからね、真美ちゃんがこの花を見つけたことは、とってもすごい！」

　真美はもう、心細げな様子などみじんも見せなかった。「ふふー」と笑いながら、貴美子を見上げる。

「おかあさん、すごいって！」

「うん、すごい。大発見だ！」

　貴美子はひとしきり娘と喜び合ってから、実菜を見た。

「ありがとうございます。あの、どうして分かったんですか？　うちの子が見たのはこの花だと……」

神苗も、確かに不思議だ、と思う。

実菜に与えられた手がかりは少ない。「山中を和歌山へと走るバスで、逆さまに生えた黄色いチューリップを見た。時期は九月の連休」、それだけだ。確か実菜は、地図を手がかりにしたと言っていたが。

「和歌山県へ行く、山の中を走るバス……と貴美子さんがおっしゃったから、和歌山県周辺の地図を見たんです。そしたら、奈良県の南部から和歌山県に行く国道があったんです。紀伊山地を川沿いに貫く、岩壁に囲まれた国道」

実菜は本棚から厚い地図帳を出してきて、テーブルの上で開いた。

びっしりと走る等高線は、山深い土地の特徴だ。その中にひとすじ、国道168号線が南北に走っている。

よくよく見れば、国道168号線にはバス停が間遠《まどお》に配置されていた。

「貴美子さんたちが通ったのは、この道ですよね。他に通る所ないですもん」

「ええ、ええ。このバスに何時間も乗って、和歌山県の南の方へ行ったんです」

貴美子がうなずいた。

川沿いにしか国道を造りようがない、それほどの険《けわ》しい山地だ。

「この地域に生えている黄色い花で、チューリップに似ているのがあったなあ……って、思い出したんです。キイジョウロウホトトギスを」

「それ、もしかして」

まさかと思いながら神苗は問う。

「色々な植物の自生地が、頭の中に入ってるってことですか……？」

実菜がきょとんとした顔で見返してきた。

「はい。キイジョウロウホトトギスの仲間の、サガミジョウロウホトトギスは神奈川県丹沢《たんざわ》。その変種のスルガジョウロウホトトギスは静岡県天守山《てんしゅ》地。キイジョウロウホトトギスによく似たトサジョウロウホトトギスは四国から九州にかけて分布……」

何も見ずに実菜は羅列《られつ》してみせる。

神苗と貴美子が「すごい」と呟《つぶや》くと、実菜はこともなげに「地図と結びつけて記憶すると簡単ですよっ」と笑った。

「でも、『真美ちゃんが見たのは珍しいチューリップではなく、よく似た別の花だ』っていう発想はどこから得たんですか？」

神苗が尋ねると、実菜の頰が赤くなった。

「うっ、それは」

「やっぱり探偵にはそういう才能が？」

たたみかけると、実菜は恥ずかしそうに首を振った。

「ち、違うんです。実はわたしも、子どもの頃に似たような経験が」

「まあ、どんな？」

貴美子も、真美をひざに乗せたまま身を乗り出す。

観念《かんねん》したように、実菜は話しはじめる。

「幼稚園の頃、家族みんなでいけす料理のお店に行ったんです。そしたら、ガラスのいけすに真っ赤な伊勢《いせ》エビがいて。わたし」

何があったんだろうと思いつつ、神苗は耳を傾ける。

「わたし、店中に響くような大声で『でっかいザリガニだーっ』と叫んでしまったんです。両親もお店の人も笑いだしちゃって。でもわたしは巨大ザリガニだと信じてるから『なんで笑うの』と思って……お店の人に『伊勢エビっていう別の生き物だよ』と教えてもらって、やっと分かりました」

「あらあら」

貴美子がほほえんだ。

「お恥ずかしいです」

実菜は両頰に手を当てて照れている。

「子どもにはよくある話だから気にしないで」

「はい、両親もそう言って、帰りに『海の生き物』っていう図鑑を買って、家で一緒に読んでくれました」

実菜の表情が、少し嬉しそうなものに変わる。図鑑を一緒に読んだことで、結局は良い思い出になったのだろう。

「そういうわけだったんですね」

神苗は合点《がてん》した。真美も昔の実菜も、同じ間違いをしたのだ。

「自然界には、似ているけど別種の生き物が存在する……ってことが分からないから、既知《きち》の生き物のヴァリアントだと思っちゃったわけですね。伊勢エビは『でっかいザリガニ』で、キイジョウロウホトトギスは『逆さまに生えたチューリップ』と」

「そういうことです」

実菜は静かに麦茶の湯飲みを手に取った。

真美が間違いを指摘されて傷つかないように、この人は気を配っていたのだ、と神苗は確信した。

「おかあさん、わたし、お花とこいのぼり見たいな。お店にあったの」

真美がそう言って、貴美子のひざから降りた。

「うん、どうぞどうぞ」

　すっくと実菜は立ち上がり、ドアを開ける。店内から花弥が顔を出し、「いらっしゃいませ」と真美を迎えた。

パタリ、とドアが閉まる。

わが子のいなくなった空間で、貴美子がほうっと息をついた。

「気がかりでしたけど、安心しました。ありがとうございます……」

貴美子は深々と頭を下げた。

「やっぱりあの子は、逆さまに咲く黄色いチューリップを見ていたんですね。正確には、あの子がそう感じた花を」

「見つかって良かったです。でもどうして、そんなに気がかりだったんですか？」

実菜が尋ねる。神苗も、なぜだろう、と思う。

「真美が保育園であの絵を描いた後……ご近所にも話が伝わったんです。『家族旅行中に逆さまのチューリップを見た』という話」

悲しげな表情で、貴美子は言葉を継ぐ。

「それを聞いて、あるご近所さんが……真美のことを、どこかおかしい子だと」

「どうしてそんなことを？」

実菜が憤《いきどお》った声を出した。

「もともと、口さがない人だったんですが。親子関係に問題があるから子どもがそういう突飛《とっぴ》なことを言うのだ、と」

「えっ、どこがです？　問題なんて」

　神苗が疑問を口に出すと、貴美子は両肩をすぼめて言いづらそうなそぶりを見せた。

「若い人たちに話すのは恥ずかしいんですけど……昔、夫と家事の分担で口論になって、まだ小さかった真美を連れて二週間ほど実家に帰っていたんです。その後、突然訪問してきた義母も交えて、玄関口で三人で言い争ったことも一度あるんですが……それを、その人は覚えていて。親子関係に問題があるのだろう、と」

「もう済んだ、昔の話じゃないですか。そんな言いがかりってひどい」

　実菜が細い肩をいからせる。

「えげつなさすぎて開いた口がふさがりませんね」

　神苗も同意見だ。

　貴美子が「本当に」とうなずいた。

「幸い、真美のいる前で言われたわけではないんですが……でもご近所にいる以上、いつかは真美の耳に入るんじゃないかと心配で。だからそうなる前に、証拠が欲しかったんです。真美が嘘なんてついていないという証拠」

「貴美子さん」

実菜が穏やかな声で言った。

「わたしや神苗さんに質問する時、ずっと『逆さまのチューリップは実在する』って前提で話をしてくれましたよね。『どこにあるんでしょうか』『そういう品種が、あるんでしょうか』って」

言われてみればそうだ、と神苗は気づいた。『ないですよね』ではなく『あるんでしょうか』という聞き方だった。

「わたし、嬉しいです。そういう風に、子どもを信じているお母さんがいること。わたしもいつかお母さんになるなら……そうなりたいです」

はにかみながら実菜が言い、貴美子が「あらあら」と微笑する。

「ありがとう。夫もね、信じてましたよ。『品種なんていっぱいあるんだから、中にはそういうのもあるだろう』って」

「良かった」

神苗も、実菜と同じ思いだ。悪意に満ちた発言をする人間が近所にいる——というのは事実でも、両親は間違いなく真美の味方だ。

「おかあさーん」

ドアが開いて、真美が部屋に入ってきた。

「きょうは、お花を買う？」

「うん、買おうね。キイジョウロウホトトギスを見つけてくれたお礼だから」

貴美子は、謝礼として春の花をひと抱えも買っていってくれた。

赤いチューリップを中心に、スイートピーとガーベラ、かすみ草などを少しずつ。自宅でアレンジメントにするからと、小さな鯉のぼりも一緒に。

「また、くるねー」

真美は買った商品のうち鯉のぼりだけを持たせてもらい、大きく手を振って帰って行った。

＊

「そういう事情やったんやね……。娘さんのために『逆さまに生えたチューリップ』を探してはった」

貴美子たちが帰っていった後、売場で事情を聞かされた花弥はしみじみと言った。

「ええ仕事したやん、実菜ちゃん」

「へへー、もっと褒めて」

「はいはい、天才探偵」

「うふふ」

――可愛いなあ。

何となく帰るタイミングを逸《いっ》した神苗は、仲むつまじい姉妹のやり取りをなごんだ気持ちで見守っていた。

「でもねえ実菜ちゃん、お昼ご飯にコーンクリームラーメンとか、トマトと干しあんずのお味噌汁とか、けったいなもん作らへんかったらもっと天才やとお姉ちゃん思うねん」

「うまいんですかそれ。味噌汁にあんずって」

実菜が何か答える前に、神苗は突っ込んでしまった。

当の本人は少しだけ恥じらうようにうつむいたが、すぐに反論を始めた。

「でもお姉ちゃん、お昼は各自で自由に食べるって決めたじゃない。お姉ちゃんは近所でおいしいパンやお弁当買って、わたしは新しい味覚にチャレンジする。ルール違反じゃないもんっ」

「そやけど実菜ちゃん、もっと普通のお昼ご飯作ったらええのに。一緒に食べる晩ご飯でもたまに冒険してまうし心配やわ。うちはええけど」

「お姉ちゃん、心配って。わたしもう二十歳だよ？」

「彼氏ができてからどないするの、珍味を探求してる場合とちゃうやろ」

おお、いないのか、と安心した神苗を、姉妹が同時に振り返る。

「神苗さん、何か言うたげて、この子」

花弥が美しくほほえむ。逆らったら後が怖い、というのは考えすぎだろうか。

「神苗さん。コーンクリームラーメンも、トマトと干しあんずのお味噌汁もおいしいです」

真剣な目つきで実菜が言う。

——えっ、どっちかに味方しなきゃいけないの、これ。

変わった味だろうとは思うが、コーンクリームラーメンは食べてみたい。

「神苗さん、今日実菜ちゃんがお昼に作ったサンドイッチなんて、大変やったんよ?」

「ど、どんなものだったんです」

「中身がクリームチーズと、キュウリと、焼き海苔《のり》と」

「なんだ、おいしそうじゃないですか?」

「さらに切り干し大根が入ってたんよ。水で戻してしぼって、細かく刻《きざ》んで醤油をまぶしたのが」

「え。何というか……味が想像できません」

醬油と焼き海苔と切り干し大根ならおいしい取り合わせだと思うが、そこにクリームチーズとキュウリとパンが加わると、個々の持ち味が衝突しそうだ。

「うちも食べるまで想像できひんかった。和食のおそうざいを食べてるのかサンドイッチを食べてるのか、分からへんの」

「一口食べたいって言ったの、お姉ちゃんじゃないっ」

実菜が責める。

「あのね実菜ちゃん、おいしいとは思ったんやで？　せやけど切り干し大根はやめといた方が、普通の和洋折衷《せっちゅう》のサンドイッチになったんちゃうの。実菜ちゃんのは和洋折衷を通り越して珍味やわ。色物やわ」

「普通じゃ物足りないもん。植物の可能性を味覚の面から探求するの」

実菜は譲らない。どちらに味方しても気まずい事態になりそうだ――と、神苗は固唾《かたず》を呑む。

「そやねえ、うちがうるさいだけかもしれへん。神苗さんなら文句言わずに食べてくれはるかも」

「えっ」

いきなり矛先《ほこさき》を向けられたので、神苗は戸惑った。

「お姉ちゃん、神苗さんを巻き込んだらかわいそうでしょっ」

「ええやん、男の人が出入りしてくれた方が不用心にならへんから。神苗さんは一人暮らし？」

「え、はい。学生時代の下宿にそのまま住んでますけど」

何だ、この質問は。

「そんなら、遠くないねんな」

「京都御所《ごしょ》の西で、この店のちょっと南ですけど」

「ちょうどええやないの」

何だ。いったい、花弥は何のつもりで言っているのか。

「神苗さん、時々うちに晩ご飯食べに来はったらええわ」

「え、あ、あの、ありがたいですけど申し訳ないです」

防犯目的もあるようだが、そこまで親切にされるのは怖い。

首を振る神苗を、実菜が悲しげに見つめる。

「神苗さん、そんなにわたしの作るものって変ですか？」

「いえ、珍味がいやなわけではなく。本当に申し訳ないので」

「時々やで？　遠慮せんといて」

花弥はほんわりと笑みながらも譲らない。

話題を変えよう——と、神苗は思った。

「そういえば、僕はいつのまに探偵助手候補になったんでしょうか」

言い終えないうちに、実菜が「そうだっ」と目を輝かせて言った。

「神苗さん、とっても優秀です！」

「あらそうなん、実菜ちゃん？」

花弥は目を丸くした。

「とっても優秀やて。この子がここまで褒めるの、珍しいんですよ神苗さん」

「えっ。光栄です」

自分より二歳若い女性に「優秀」と言われるのも妙な感じだが、悪い気はしない。

「でも、僕のどこが？」

「気づいてないんですか？　わたし、すごく助かっちゃった」

「いつ？」

「真美ちゃんが、自分の間違いに気づいちゃった時。黄色いチューリップじゃなくて、あれは別の花なんだって」

「えーと、確か僕、『チューリップに似てるって気づいた真美ちゃんは、すごい』と言った覚えがありますけど」

「それですよー。わたしは、『珍しい植物を見つけたからすごい』って言ったんですよね。自分の間違いを知った真美ちゃんが落ち込まないように、わたしも神苗さんもそれぞれフォローできたじゃないですか。とっても、心強かったです」

「や、どうも」

照れくさくなって頭を掻《か》く。

これからもこの店に寄らせていただいていいですか、と言いたくなる。

よし言おう、と思った時。

実菜が「あっ」と言いながら、エプロンのポケットからスマートフォンを出した。

「お姉ちゃん、もうすぐ『セカオデ』始まるよ。ここでスマホ使って見ない？」

「録画予約したし、うちはええわ」

聞いたことのある名前だな、と神苗は思った。

通称セカオデ、正式番組名『世界へおでかけさん』。

海外で活躍している日本人を紹介する、軽い調子のドキュメンタリーだ。そんなに好きな番組なのだろうか。

「せっかくやし、事務所で神苗さんと見よし。助手にしたいんやろ？」

「うん、行きましょうっ、神苗さんっ」

「は、はい？」

うきうきしている実菜に手を引っ張られ、事務所に戻る。

男女二人で色っぽい雰囲気になる気配などみじんもなく、実菜はテレビのリモコンを手に取った。

「うちの両親を紹介します！」

「ご両親？」

テレビの画面に、砂漠と青空が広がる。

明るいテーマソングが流れ、『世界へおでかけさん』というタイトルロゴと、サブタイトルらしきものが出る。

サブタイトルを読んだ神苗は「ふぁっ？」と寝ぼけたような声を出した。

第102回　ゲスト　プラントハンター和久井夫妻
メキシコの巨大サボテンを追え！

「プラントハンター、和久井夫妻？」

「うちの両親です」

さあ座れ、と言わんばかりに実菜が椅子を指し示す。

画面では、十数メートルはあろうかというサボテンを背景に、五十代とおぼしき男女が笑顔で並んで立っている。

「父と母は、世界中を飛び回って珍しい植物を仕入れてくるプラントハンターなんです。この番組には時々出てて、そのたびに見ろ見ろってやかましいんですよ。言わなくても見るのに」

「まさかこのでかいサボテンを？」

「日本に持って帰るらしいですよー。船で」

「はは……飛行機には乗せられないですね……」

プラントハンター。

直訳すれば、植物の狩人《かりうど》。

表舞台に立つことの少ない職業だが、その取引先は植物園や大手建設会社、華道家など、多岐《たき》にわたるという。

「わたし、将来は両親みたいなプラントハンターになりたいと思ってます。それにはまず、広い範囲で人と植物の仲立ちをすることだと思うんです」

隣に座った実菜が、あの表情で神苗を見た。

桜吹雪の舞うチューリップ花壇を眺めていた時の、幸せそうな表情で。

「今回、わたしの探偵事務所はお役に立てましたよね？」

「そりゃ、もちろん」

広報部の上司に持ちかけても、今回の件は解決しなかったかもしれない。

植物園は植物に関するプロであって探偵ではないのだから、「逆さまに生えるチューリップはありません」で終わってしまった可能性が高い。

「だからね、神苗さん。これからも依頼人を連れてきてくれませんか？」

「えっ、どうやって？」

「貴美子さんみたいに植物園へ相談に来た人に、なごみ植物店を紹介してほしいんです」

もしかしたら上司の承認がいるのかな、と思ったが、神苗はかまわず返事を口に出していた。

「僕でよろしければ」

実菜は両のこぶしを固めると、春の女神の表情で「やった！」と椅子から立ち上がった。

キイジョウロウホトトギス

第二話　信長公のスイーツ

この世には、幸せが連れてくる悲しみもある。

府立植物園のクスノキ並木を歩きながら、神苗《かみなえ》はそう思った。

少し時期の早い五月病――というわけではない。

史学科で得た知識を時々活かせる上に、通勤も便利。事務所の外に出れば花と緑が目を楽しませてくれる。

暇ではないものの、府立植物園の広報部はたぶん快適な職場だ。

ちなみに「たぶん」と付くのは他の職場をほとんど知らないからだ。学生時代のアルバイトと言えば家庭教師ともう一つ、一風変わったカフェでウェイターをしていた程度で、一般企業のことはよく知らない。

要するに何がいけないかというと、

「依頼人が現れず、実菜《みな》に会いに行く口実がない」

それに尽きる。

実菜の姉である花弥《かや》からは夕食を時々食べに来るよう言われているものの、依頼もないのに図々しいのではないか、という気がしてならない。

広々としたクスノキ並木に人気《ひとけ》がないせいもあって、神苗の心は一週間前に出会った女性のもとへ飛んでいた。

和久井《わくい》実菜、二十歳。

西陣《にしじん》にある花屋、なごみ植物店の店員にして店長の妹。

テレビにも出演している著名なプラントハンター、和久井夫妻の次女。

将来の希望は両親のようなプラントハンターであり、その修業のために「植物の探偵」を名乗り、草花にまつわる謎を解決しようとしている。

珍しい植物の自生地を、地図とともに記憶している。

小さな子どもに対してとても優しい。店長である姉と仲が良い。

ちょっと変わった料理を作る。

実菜に関して知っていることは、ほぼそれだけだ。

一週間前、「探偵助手」兼「依頼人紹介係」となって以来、神苗は実菜に会っていない。

広報部に持ち込まれる相談も全くないわけではないが、その内容は育て方や病害虫の駆除《くじょ》法など、植物園の職員が簡単に回答できてしまうものばかりだ。

別に用事がなくてもなごみ植物店に行けばいいのだが、「依頼人を連れて行かないとがっかりされそうだ」と思うと足が向かない。

恋か、と聞かれるとまだ分からない。ただ、出会えて良かったとは思う。

だからこそ、会えないと落ち着かない。

出会えた幸せが、会えない辛さを呼び込んでくる。

——最初会った時みたいに、実菜さんが植物園に来ればいいのに。

依頼人紹介係の使命はどこへやら、そんな勝手な夢想に浸《ひた》ってみる。このクスノキ並木はおよそ二百メートルもあるので、歩いているうちについつい心が仕事以外に向いてしまうのだった。

「おお、神苗君じゃないか？」

向こうから歩いてくる男性に声をかけられて、少し驚く。

やや小柄で、やせ気味の三十代の男性。

学生時代にアルバイトしていた『歴史カフェ　えまき　三条本店』の店長ではないか。

「相原《あいはら》さん、お久しぶりです！」

「久しぶりだなぁ。就職決まった時、挨拶《あいさつ》に来てくれて以来か」

「今日、店は休みなんですか？」

「ああ、市場調査がてらよそのカフェや本屋にも行ったんだけど、君にちょっと相談したくなってな。しかし、忙しいよなやっぱり」

相原は何か話したそうな様子だ。

「用事でよその部署へ行った帰りで、まだ勤務中なんですけど……どんな相談ですか？」

「織田信長《おだのぶなが》にゆかりのある食材で、菓子を作って売りたい」

織田信長。

有名な戦国武将にゆかりのある食材、と聞いて、神苗はすぐに察した。

「『えまき』の新しいメニューですか？」

「そう、『信長公が食べていたかもしれないお菓子を再現しよう』っていう、チェーン店全店でやる企画。といっても、京都市内に三店しかないけどね」

「面白そうですね。信長は柿や瓜《うり》みたいな甘いものが好きだった、って史料に残ってるし、金平糖《こんぺいとう》は昔からメニューに出てますよね」

記録によれば信長は、ポルトガルの宣教師から金平糖を献上《けんじょう》されたらしい。『歴史カフェ　えまき』では神苗がアルバイトをしていた頃から、軽いお茶請《ちゃう》けとして金平糖を出している。

「金平糖が好評だから、もっと食べでのあるお菓子を出すことになったんだよ。題して『信長公のスイーツ』」

「いいじゃないですか」

歴史カフェの主な客層は当然歴史ファンであり、しかも織田信長は根強い人気を誇っている。

「いい企画だから困ることもあるんだ」

眉間《みけん》にしわを寄せて、相原は言った。

「信長がいた時代の日本では、まだサトウキビの栽培《さいばい》が始まってないだろう？　おまけに、ちょっと困った事態にもなっててな……つまり端的《たんてき》に言うと、アイデアが欲しいんだ。史学科出身で植物園に勤めてる君なら、当時の食材を詳しく調べられるかと思って」

「金平糖と同じ、南蛮渡来《とらい》のカステラはどうです？」

「カステラはどこでも買えるから、ちょっとね。コンビニでも一切れずつで売ってるだろ？」

「確かに、面白みには欠けますかね」

それはそれとして、そろそろ広報部に戻らねばまずい。

「相原さん、良かったらその件、一緒に西陣の花屋さんに相談しませんか」

「ん？　なんで花屋？」

「その花屋に、探偵がいるんですよ。植物の探偵」

「植物の、探偵？」

いぶかしげな口調で相原は復唱した。

「……って、何だ？」

「植物に関する謎を解くんです。たとえば、どこかで見かけた植物の正体を知りたい、というような。昔の日本のお菓子はたいてい植物が原料だから、依頼してもいいんじゃないかな、と」

「それにしても、職業として成り立つのかい、植物の探偵って？」

もっともな反応ではある。

植物の探偵・実菜はなごみ植物店の店長の妹であり、依頼人は探偵料として店の商品を買っていくのだと神苗が手短に説明すると、相原は納得したようだった。

「しっかし、珍しい仕事だな！　俺の職業もまあ珍しいと思ってたけど」

「頼んでみません？　僕この間たまたま解決するところに居合わせましたけど、良心的だと思いますよ」

「良心的といえば、探偵の料金はいくらぐらい？」

「特に決まってないそうです。自分の暮らしに見合う商品を買ってくれればいい、というスタンスらしいので」

「それなら、依頼するよ。店に飾る花を買えばちょうどいい」

やけに決断が早い気もするが、めでたく交渉成立である。今日、神苗の終業後に植物園の外で待ち合わせることになった。

相原は「じゃあ、また後で！　忙しいのにごめんな！」と言って歩み去って行ったが、神苗にしてみれば「ありがとうございます！」と両手を合わせて拝《おが》みたい気持ちであった。

——これで、実菜さんに会える。

会うどころか京都府外へ連れ出される羽目《はめ》になるのだが、この時の神苗には知るよしもない。

＊

なごみ植物店のショーウィンドウは相変わらず花盛《はなざか》りだ。まだ四月なので、鯉のぼりも変わらず陳列《ちんれつ》されている。

「いらっしゃーい！」

神苗がドアを開けた途端《とたん》、実菜が出迎えた。今日はゴーグルもドリルもなく、普通のエプロン姿だ。レジのそばには花弥もいる。

「こんにちは」

神苗は短く挨拶した。実菜に会いたいと思っていたあまり「ご無沙汰《ぶさた》してます」

と言いそうになったが、一週間でそれは微妙かな、と思う。

「こちら、相原さん。植物の探偵に依頼したい、ということです」

ひとまず相原を紹介する。

「相原さんは、僕が学生時代にバイトしていた歴史カフェの店長さんです」

と言った途端、

「歴史カフェ？」

実菜も花弥も首をかしげた。

そう、一般向けにはそこから説明せねばならないだろう。

「一見普通のカフェだけど、メニューの元ネタが歴史上の人物なんです。たとえば、武田信玄《たけだしんげん》が食べていたとされる『ほうとう』っていう麺料理を出したり、彼の旗印《はたじるし》だった『風林火山』の四文字を型抜きクッキーにしたり」

「歴史をコンセプトにしたカフェなんやね」

花弥が一言でうまくまとめた。

「なんだったら、うちの店においでになりませんか？　タクシーに乗ればすぐですんで、神苗君も一緒に」

相原が提案すると、花弥が「あらぁ、ええやないの」と喜んだ。

「実菜ちゃん、依頼人さんがこう言うてくれてはるし、よう先方さんのお話聞くんやで。ちょうどお夕飯の時間やし、おいしいもん食べておいで」

「分かった。お姉ちゃん、留守にしちゃってごめんね」

「かまへんって、それが探偵の仕事やん。神苗さんのバイトしてはったお店、面白そうやし楽しんできて」

花弥の言葉は妹への励ましでもあり、相原へのお愛想でもあるのだろう。

「お姉ちゃん、冷蔵庫にナスの蜂蜜漬けがあるから、良かったら食べて？　そろそろ食べ頃だから」

花弥の目が細くなった。

「なんか中身の紫っぽいタッパーがあると思ったら、そんな珍味こさえてたん？」

「おいしいと思うの」

「そんなら実菜ちゃんが食べや」

「はーい……」

花弥は相変わらず妹の珍味探求に厳しい。

――もしかして、後で僕が食べる羽目になるんじゃないか。

神苗の心配をよそに、相原は「タクシー拾いますね」と店の外へ出て行った。

＊

かつてのバイト先は相変わらず、こぎれいな町家風の二階建てであった。

歴史ファンを当てこんだカフェなので、無理に現代風にしなくてよい――というのも理由だが、京都の街中には細い格子《こうし》に瓦屋根の店舗がなじむ。

相原が先に立ってガラス張りのドアを開けると、白いシャツにカフェエプロンを着けた若い男女が「いらっしゃいませ」と声をかけてきた。神苗がOBだと気づいて親しげな笑みを見せる者もいる。

店内は広く、テーブル席からやや離れた所には小物や書籍を売るスペースが設置されていた。これも相変わらずだ。

「さっきお店で神苗君が説明してくれましたけど、『えまき』は基本的に普通のカフェです。ほとんどのメニューに歴史的な元ネタがあって、歴史に関するグッズを売ってる点が違うだけですね……ちょっと失礼」

相原はいったん奥に引っ込んでタブレット端末《たんまつ》や書類の束を持ってくると、二階の個室に神苗と実菜を案内した。

「どうぞ、ご覧ください」

と、実菜にメニューを差し出す。
「素敵ですね。写真やイラストがいっぱいで」
実菜は物珍しそうに、キャラクター化された戦国武将や新撰組隊士の躍るメニューを眺めた。

家紋クッキー
戦国武将の家紋をかたどったクッキーです。
織田家、毛利家など十種。表の中からお選びください。

家紋カフェラテ
純ココアを使って、カフェラテの表面に家紋を描きました。
戦国武将の他、新撰組隊士の家紋も新たに追加しました！

野菜たっぷりのほうとう
武田信玄ゆかりの温かい料理です。味噌がおいしさの決め手。

金平糖

ポルトガルの宣教師が信長に献上《けんじょう》したと言われる砂糖菓子。
本来の名前は、ポルトガル語『コンフェイト』。織田家の家紋入りの小皿でどうぞ。

真田《さなだ》家の赤備《あかぞな》えパスタ
トマトソースの赤に、輪切りオリーブで作った六文銭が映《は》えます。

新撰組のソーダ
浅葱《あさぎ》色のソーダとミルクゼリーで、新撰組の羽織をイメージしました。

「まあ、だいたいこういうメニューですが……ずっと同じでは飽きますからね。そこで考えたのがこの企画です」
相原は書類の束から一枚を抜き出して、メニューの隣に置いた。

信長公のスイーツ
コンセプト・織田信長にゆかりのある食材で作ったお菓子。
信長が実際に食べていても時代考証上、無理のない材料・製法で。
メニュー名　うつけ殿のお焼き
メニュー概要　刻んだ干し柿とクルミを小麦粉の生地でくるんで丸く成形。
　両面を香ばしく焼く。

「おいしそうじゃないですか」

神苗は興味を引かれた。お焼きは長野県の名物で、中身には野沢菜やナスなどを使う。そのお焼きをアレンジした菓子、というわけだ。

「『信長公記《しんちょうこうき》』にもありますよね。うつけ殿と呼ばれた若き日の信長が、柿や瓜をかじりながら仲間と練り歩いてたって。あと、ポルトガルの宣教師ルイス・フロイスは信長から干し柿をもらったと『日本史』に書き残してたはず」

「歴史のことになると立て板に水だな、神苗君」

「信長の領地にもお焼きはあっただろうし、クルミも小麦粉も当時からあった食材だから、時代考証上も無理がない……ですよね？　相原さん」

「それがなぁ……植物園で話した、『ちょっと困った事態』ってのがこれだ」

相原はタブレット端末を操作して、どこかのカフェのホームページを表示してみせた。

アイボリーホワイトに抹茶色をアクセントにした、和風を意識したデザインだ。抹茶ラテやあんみつなどがトップページを飾っている。

「東京にある、別の歴史カフェだ」

「つまり同業他社ですね」

「ここを見てくれ」

相原の指が「新メニュー」という項目をタップした。

表示されたものを見て、神苗は「あっ」と声を漏らした。

表面にこんがりと焼き目をつけた、お焼きだ。きれいな断面から、深いオレンジ色の中身が見えている。

信長公のおやき

甘党の信長が好んだという干し柿をフィリングに使いました。

岐阜産の栃《とち》の実を表面に散らした香ばしいお焼きです。

「……似たようなことを考える人が、いたんだよ……元ネタは同じ日本史だから、しょうがないけどなあ……」

相原が、がっくりとこうべを垂れる。

「これ、偶然なんですか？」

「残酷だが偶然だよ神苗君……。私がこのお焼きを考えついたのは一昨日《おととい》。この『信長公のおやき』が発売されたのが昨日」

疲れた顔で相原は言った。

実菜が気の毒そうに話しかける。

「それじゃあ、店長さんがせっかく考えたお菓子は、どうなるんですか？」

「残念ながら没《ぼつ》です、美しい探偵さん」

気を遣わせまいとしてか、おどけた口調で相原は言った。

「でも、違うところもあるのに。店長さんはクルミを使っていて、あっちのお店は栃の実で」

「世の中そんなに甘くはないですよ、お嬢さん……っと失礼、愚痴《ぐち》っぽくなっちゃったな」

ふうと息をついて、相原は姿勢を正した。

「細かいところは違っていても、おおづかみに言えば同じお菓子だからね。こっちがパクったと言われる恐れは充分にある」

「こんな偶然があるなんて」

実菜はとまどった様子で神苗を見た。

助手として、このあたりは説明しておいた方がいいだろう。

「店長がさっき言ったように、歴史を扱ったコンテンツではありうる話なんです」

「そうなんですか……」

「信長が柿を食べていたという話は『信長公記』に載ってるんですけど、これは信長の家来が書き残した有名な伝記ですから」

「うん。俺も同業他社も、同じ史料を読んで同じお菓子を考えてたってわけです。そこでうちの社長いわく」

相原は語気を強めた。

「不幸な偶然とはいえ、パクリと取られかねない商品を出すわけにはいかない。至急、代わりになる『信長公のスイーツ』を考えるべし」

――まあ、そうなりますよね。

相原には気の毒だが、社長の判断は正しい。

東京の歴史カフェに続いて、京都にある別の歴史カフェも似たような商品を出せば、パクリと見なされる可能性は高い。

ネットが普及した今、一度でもその手の評判を立てられたら拭《ぬぐ》い去りようがないだろう。

「だから、僕に相談したんですよね。信長の時代に存在した食材で、他にお菓子を作れないかって」

「ああ。こちらのお嬢さん……いや、探偵さんのことを聞いて、植物に詳しいならぜひともお願いしたいな、と」

せっぱつまった相原の口調に、神苗はもしやと思った。

「相原さん、社長はいつまでに代替案《だいたいあん》を出せって言ったんですか」

「三日後。三日後の午後四時までに、レシピと予算を伝えないといけない」

「えっ……じゃあ、実菜さんがレシピを考えて相原さんに伝えて、相原さんが提出用の書類を書く時間もいるから……」

時間がない。聞き知ったばかりの探偵に依頼をする気になったのは、それだけ期日が迫っているからだろう。

溺れる者はわらにもすがる、と言ってしまっては実菜に失礼だが、つまりはそういう状況だ。

「申し訳ないですが、明後日の夜までにレシピを作っていただけませんか。分量なんかはおおざっぱでいいんです」

相原が本当に申し訳なさそうに言った。

「その件、承《うけたまわ》りました！」

実菜が朗《ほが》らかに応え、相原の表情が一気に明るくなった。

「ありがとうございます！　いや、良かった。レシピができあがりましたら、名刺にあるメールアドレスか電話の方にお願いします」

「はいっ」

良い返事をした実菜に「それでは」と一礼して、相原は階段を下りていった。

「……実菜さん」

「何でしょう神苗さん」

実菜は余裕ありげに、フードメニューを眺めている。「村上《むらかみ》水軍のアクアパッツァ」が気になるようだ。

「丸二日しかないのに、大丈夫なんですか」

「大丈夫ですっ。歴史に詳しい優秀な助手がいますから！」

「僕に丸投げですかっ？」

「丸投げじゃないですよー。まずわたしが昔からありそうな食用植物をピックアップしていくでしょう？」

「それから？」

「歴史に詳しい神苗さんが、信長公の時代にも食べられていた植物かチェックすればＯＫです」

「……条件は二つ。『信長が実際に食べていても時代考証上、無理がない』だけじやなく、『信長にゆかりのある食材』というのもあるんですけど」

実菜は眉《まゆ》を上下させ、大きな瞳をくるりと横へ動かした。

姉と違って顔に出るタイプだな——と、神苗は踏んだ。

「実菜さん、できる見込みがないのに引き受けたでしょう」

実菜の瞳がもう一度、今度は反対側にくるりと動く。

「目を泳がせてないで答えてください」

「……神苗さんがいれば大丈夫な気がして」

——どこまで本気なんだ、この子は。

甘えられているのか、これが素の状態なのか、何らかの駆け引きなのか、神苗にはよく分からない。

「一緒に探しましょう、神苗さん」

「はぁ……」

それは、やぶさかではない。まことに癪《しゃく》だが、断る気になれない。

「ここでご飯食べたら、事務所で作戦会議です。いやですか？」

「そんなことはないです、明日休みだし」

「休みなんですね」

実菜が目を輝かせた。

「ここはわたしが……っていうより、お姉ちゃんが用意してくれてる探偵事務所の予算から払いますから。いっぱい食べてくださいね！」

「予算ついてるんですかっ？」

「もちろんですよー。お姉ちゃん経理もきちっとしてるんですよ！　ナスの蜂蜜漬けは食べてくれないけど」

「珍味は関係ないでしょうに」

探偵事務所の予算も取っておいてくれるとは、さすが店長と言ったところか。

――景気の良い話だなあ。まるでスポンサーでもついてるみたいだ。

「ところであの、もしかして僕、明日も探偵助手を？」

「お願いできたら嬉しいですっ」

笑顔が眩《まぶ》しい。

休日に何も予定がない――つまり恋人との予定もないと思われているのだろう。

当たっているが、やはり何やら癪ではあった。

＊

「信長の時代ってもしかして、砂糖はないんですか？　神苗さん」

会計を済ませて『えまき』の外に出ると、さっそく実菜は質問してきた。依頼人である相原が聞いたら「知らずに引き受けたのか」とめまいを起こしそうな内容である。

「残念ながら、当時の日本では生産してなかったです。蜂蜜なら古代の日本にもありましたけど」

「すごいーっ。詳しいですね！」

「史学科出身ですから」

せっかく褒《ほ》めてもらったところだが、見通しは暗い。

信長のいた頃、日本ではまだサトウキビの栽培《さいばい》は始まっていない。

「砂糖はなくても、少数ながらお菓子は存在したんですよ」

「ほんとですか？」

「本当、本当。平安時代には、氷室《ひむろ》に貯蔵してた氷を削って、削《けず》り氷《ひ》というかき氷を食べてたらしいです。ツタから採った甘味料をかけて」

「おいしそう」

バス停へと歩きながら、神苗は菓子の歴史を語りはじめた。

「同じ時代で、椿《つばき》の葉で挟んだ椿餅もあるし、プレーンドーナツに似た『ぶと』っていう神様へのお供えもあります。それと、日本で最初に饅頭《まんじゆう》を作ったのは室町時代に中国から渡来した林浄因《りんじょういん》っていう人です」

「お饅頭を出すだけじゃ、『信長公のスイーツ』にはならない、ですか？」

「信長も饅頭は食べていただろうけど、つながりが弱いです」

かくん、と実菜は首をかしげる。

「ええと、あのお焼きの場合は、『信長公は柿をよく食べていた』という史実があるから、説得力があった、つながりが強い……ってことですよね？」

「そう、そうなんです」

神苗はぶんぶんと首を縦に振った。

この依頼は、なかなかにやっかいなのだ。

「あくまで信長にゆかりのある食べ物でないと」

「でもわたし、信長公についてあんまり知りません……日本史で習ったのをぼんやり覚えてるだけ。楽市楽座《らくいちらくざ》とか、桶狭間《おけはざま》の戦いとか……」

考え込んでしまったのか、実菜は道路脇に立ち止まる。

「一般の人なら、よく知ってるほうですよ。信長や戦国時代が好きな人は、信長が茶会を催《もよお》したとか、領地の代わりに茶道具を与えたとか、そういうのも知ってますけど……ん？」

ある菓子の名前が、脳裏をかすめた。

「ありました。信長が食べた可能性の高い菓子」

「神苗さん、もう見つかったんですか？　さすが史学科、さすが店長さんが頼るだけありますっ」

そこまで褒められると面映《おもは》ゆい。

「でも、本で作り方を読んだだけで実物は見たことがないんですけどね？」

「じゃあ材料買って、作りましょうよ！　うちの二階で！」

「えっ」

行って良いのか。なごみ植物店の売場でもなく探偵事務所でもなく、私的な居住スペースに。

「お姉ちゃんもきっと、一緒に試食してくれます！」

「そうですよね」

この「そうですよね」の後ろには（ええそうですよね、二人っきりじゃないですよねー）という多少がっかり気味の言葉が隠れている。

「なんていう名前なんですか？　そのお菓子」

気を取り直し、神苗は解説モードになる。

「『麩《ふ》の焼き』。有名な茶人の千利休《せんのりきゅう》が、好んで茶席に出したと言われる菓子です」

探偵事務所の奥から階段を上がると、小さなダイニングキッチンがあった。

「神苗さん、うちのエプロン貸すし、がんばって」

「楽しみにしてます。お茶はわたしが淹《い》れますねっ」

姉妹に応援されて、神苗は『麩の焼き』を作った。

製法は学生時代に茶道の入門書で読んだ覚えがある。

小麦粉を水で溶く。鉄板はないので、フライパンに丸く流しこむ。大きさは餃子の皮よりやや大きい程度だ。

両面が焼けたら片面に味噌を塗る。

使うのは、なめらかな白味噌ベースの田楽《でんがく》味噌だ。

最後に、味噌を内側にしてくるくると形良く巻く。

利休好みの菓子・麩の焼きは、堺《さかい》の船尾《ふの》で生まれたと言われている。

堺と信長の関わりは深い。

たとえば、信長が堺から軍資金を徴収《ちょうしゅう》しようとした際、幾人もの商人が抗戦を主張したが、今井宗久《いまいそうきゅう》という新興商人が彼らを説得して、堺が信長の直轄《ちょっかつ》領となる端緒《たんしょ》を開いた。

*

また、信長が越前《えちぜん》に出兵する際、千利休は鉄砲玉一千個を贈っている。

茶の湯をたしなむ堺の商人たちが、信長の戦《いくさ》を支えていたのだ。

ということは、信長が茶席で麩の焼きを味わっていた可能性は高い。

そんな蘊蓄《うんちく》と推測も語りつつ、神苗は麩の焼きを作り終えた。

「どうぞ」

整然と麩の焼きが並んだ皿を、テーブルに置く。

「いただきます！」

実菜と花弥が同時に手を伸ばす。

しかし、一口食べても、二口食べても、二人とも無言のままだ。

「もしかして、おいしくなかったですか」

「ううん、神苗さん」

実菜が首を振る。

「おいしいんやで。おいしいけど、神苗さん」

なぐさめるような口調で花弥は言う。

「そやけどこれ、お菓子いうよりお酒のアテやわ……」

「えっ」

おそるおそる手を伸ばし、麩の焼きを一つつまむ。

香ばしい皮が舌の上でほどけ、白味噌の甘さと塩辛さがうっすらと広がる。

なるほど、これは酒のアテだ。

「利休さんがお茶事《ちゃじ》をしてはった頃は、小麦粉や味噌の甘みで充分お菓子になったと思うねん。けど、今の時代にはお菓子と認められへんのとちゃうかなぁ……」

花弥の的確な指摘と麩の焼きを、もの悲しく神苗は噛みしめた。

「確かに……もし現代でもお菓子として通用するなら、和菓子屋さんで売ってるはずですよね……」

「検索してみますね。『ふのやき　和菓子』で」

スマートフォンで検索した実菜は、「あれっ」と意表を突かれた顔で言った。

「どないしたん、実菜ちゃん」

「京都の和菓子屋さんで『ふのやき』売ってるけど、甘辛くて軽いおせんべいにアレンジされてる」

「ほな、お菓子屋さんも『麩の焼きはそのままではお菓子にならへん』って判断しはったんやわ」

「僕がうかつでした……白味噌は甘いからお菓子っぽくなるかと思ってた」

「でもほんと、おいしいんやで？」

「そうです、そうです。あっそうだ、ナスの蜂蜜漬けを刻んで入れたらどうでしょう？　蜂蜜で甘くすればお菓子っぽく……」

「実菜さん、ナスと信長公は関係ないです」

「実菜ちゃん、普通のナス味噌炒めかナス田楽食べよな？」

「ううっ、突っ込みのワンツーフィニッシュを決められたっ」

落ち込む実菜をそっとしておいて、神苗はスマートフォンを出した。

一応、相原に意見を聞くためだ。

『相原さん、夜分すみません。信長と茶の湯の関わりにちなんで、麩の焼きという菓子を作ってみたんですけど……』

いきさつを話すと、相原は申し訳なさそうに『手数をかけて悪いけど、酒のアテでは厳しいね』と言った。

『やっぱりもうちょっと、お菓子らしさが欲しい。たとえば、麩の焼きの中身を干し柿に……いや、これもパクリって言われそうだな。焼いた小麦粉の中に干し柿という点で同じだから』

「ですよね。お焼きは中身を包んで焼く、麩の焼きは焼いて中身をくるむ……って違いがあるだけで」

『メインのお菓子にちょっと添えるなら、干し柿をくるんだ麩の焼きもいいかもしれないがなぁ』

電話のこちらと向こうとで、「うーん」とうなってしまう。

『まあ、いざとなったら、干し柿の麩の焼きを社長に提案してみるよ。丸パクリってわけじゃないんだから』

「相原さん、ちょっと待ってください。実菜さんに……探偵に聞いてみます」

神苗は電話を保留にして、実菜に相原の意向を伝えた。

「わたし、もう少し考えてみます。それに、麩の焼きは神苗さんのアイデアですから。わたし自身がやるだけやってからでないと、お代はいただけません」

実菜はきっぱりと言いきった。

神苗が伝えると、相原は明るい声で『おお、そうか』と応えた。

『神苗君も言ってたけど、ほんとに良心的だな。じゃあ、あと二日待ってるよ』

――そうだった、そうだった。相原さんはこんな風に、バイトが言ったことを覚えてくれる店長だったよなぁ。

ちょっとした懐かしさに浸《ひた》りつつ、通話を終えた。

花弥が腕まくりをして立ち上がった。

「ほな、使った食器やフライパンはうちが洗ったげるし。神苗さんと実菜ちゃん、事務所で少し作戦会議しはったら？　あんまり遅うならんようにね」

「ありがとう、お姉ちゃん。助かる」

実菜が少し甘えた口調で礼を言った。

——気配りしてくれる、いいお姉さんだ。

雑用を引き受けてくれるという申し出も、実菜と二人きりにしてくれる配慮も、神苗はありがたく思う。

——お姉さんの方にも惚れてしまったらどうしよう。

とも思ったが、それは実菜に対して不誠実なので忘れ去ることにする。

＊

先に階段を下りていく実菜が、宙にこぶしを突き上げた。

「こうなったら、地図を見ます。信長公にゆかりのある土地の地図を見れば、何か浮かぶかも」

「じゃあまず、京都かなあ。信長は二十代の時に上洛《じょうらく》してるから」

なんて色っぽくない会話だろう、と思いつつ神苗は言った。

事務室に下りて、今日もテーブルに花が活けてあるのに気づく。

白い薔薇《ばら》を中心に、かすみ草や薄紫のフリージアが風情《ふぜい》を添えている。

爽《さわ》やかな色合いを見て、もうすぐ初夏だ、と気づいた。

「この地図帳がいいかなあ」

　実菜は大きな判型の地図帳を本棚から引っ張り出してきた。表紙に『京都府』とある。

「上洛したっていうと、京都の真ん中へん。御所《ごしょ》や鉾町《ほこまち》のあるあたりですよねー」

　実菜は椅子に座ると、ぱらぱらと頁をめくりはじめた。

「でも、こういう街中の地図を見てると京野菜を思い出しちゃう。ここの店がおいしいなーとか……端っこも見てみようっと」

　実菜は無言になり、しばらく頁《ページ》を繰る音だけが響いた。

「そうだ実菜さん、桂瓜《かつらうり》！」

「えっ？」

「京都の西の方、桂で作ってる瓜。信長は柿や瓜をかじりながら練《ね》り歩いてた……と『信長公記』にあるから、ちゃんと縁のある食材じゃないですか」

「でも、お菓子にするには……蜂蜜で煮る……とか……何かしないといけないですよね」

「じゃあ試作を」

　神苗が言いかけると、実菜は首を振った。

「桂瓜の旬《しゅん》は、六月から九月です。まだ出回ってないから、無理」

「あっ」

ならば仕方ない。没《ぼつ》だ。

「難しいですね。前回とは課題の形が違う……」

神苗はため息をついた。つらつらと、思ったことが口からこぼれていく。

「前回の逆さまのチューリップの件が『正解を見つけ出す』課題だとしたら、今回は『正解を作り出す』課題ですよね」

「作り出す」

実菜が力強い声で言った。

「そうですよ。スイーツを、新しく作っちゃえばいいんです。信長公にゆかりのある食材で」

できるのかな、大丈夫かな、と神苗は思うが、実菜の生気のある声が頼もしくもある。

「神苗さん、京都以外で信長公にゆかりのある土地、教えてくださいっ」

「じゃあ、安土《あづち》城のある滋賀県はどうでしょう」

「イエッサー」

なぜか英語で応え、今度は滋賀県の地図帳を出してくる。

「琵琶湖《びわこ》ーは広いーな、大きーいーな」

変な替え歌を歌っているが、元気で何よりではある。

「そういえば」

と、神苗は思い当たった。

「滋賀県の北東部に伊吹山《いぶきやま》って山があるんですけど、信長の薬草園があったらしいですよ」

「信長の薬草！」

長い髪がふわっと広がるほどの勢いで、実菜は顔を上げた。

「どうしてそんな山の中に信長の薬草園があるんですかっ？　どんないきさつで？」

「えーと、確か……」

学生時代に聴いた、講義の記憶をたぐってみる。

「信長は、ポルトガルの宣教師と交流があったわけですけど……三千種くらいの薬草の種だか苗だかをもらって、伊吹山で栽培したそうです。米と違って平地でなくても育てやすいし、人里離れた場所の方が盗まれにくいからかな」

「伊吹山が薬草や高山植物の宝庫で、山頂にお花畑があるのは知ってましたけど……信長にゆかりのある土地とは知らなかったです」

実菜は地図帳を閉じた。

「明日、手がかりを探しに滋賀県へ行きましょう。信長の薬草園があった伊吹山へ」

突然の提案に、神苗はうろたえた。それは二人旅ということか。

「や、薬草でお菓子を作るんですか？」

「ヨーロッパの薬草と言えばハーブですよ。それが三千種も生《は》えてたんだから、お菓子に使えるのも生えてるかもしれないじゃないですか」

伊吹山の大きさを分かっているんですか、という言葉を神苗は呑みこんだ。知っていて言っているに違いない。

「……何もなかったら、干し柿の麩の焼きということで」

「決まりですねっ。お姉ちゃーん、明日お出かけしまーす」

ドアを開けて、実菜が出ていく。

やっぱり二人旅か、伊吹山には二人きりで行くのか、と神苗はつい考えてしまう。

やがて二階から、

「やだお姉ちゃん、日帰りに決まってるでしょー」

という笑い混じりの実菜の声が聞こえてきた。

*

葉桜を照らす陽光がだんだんとかげってゆき、西の空に紅《くれない》が残るばかりになった黄昏時《たそがれどき》。

神苗は一人で『歴史カフェ　えまき　三条本店』を訪れた。

「いらっしゃいませー。あ、神苗君」

出迎えたのは相原だった。一週間前に再会した時より顔色がいい。『信長公のスイーツ』が完成したからだろう。

「あのお嬢さん……いや、探偵さんは？」

「もうすぐ来ると思います。この店で待ち合わせなので」

神苗は壁に飾られた花を見た。

白い薔薇を中心にした大きなアレンジメントが、間接照明に映《は》えている。白い花ばかりなのに単調さを感じさせない、技巧を感じさせる活け方であった。

「豪華ですね、この花」

「それが探偵料だよ。店長さんが活けて配達してくれた」

相原に言われて、なるほどと思う。

「上、上がらせてもらいますね」

「どうぞ。窓際の一番奥の個室を取ってあるよ」

階段を上がり、個室に腰を落ち着ける。

今日は、一般客に先んじて『信長公のスイーツ』を試食させてもらう日だ。

メニューに載せる際には「協力・なごみ植物店探偵事務所」という文言《もんごん》も添える予定だそうで、神苗としても晴れがましい思いが湧いてくる。公《おおやけ》の場で実菜の事務所が認められるのだから。

――良かったな、実菜さん……って、なんで助手の僕が保護者みたいな目線になってるんだ。

複雑な思いを持てあましていると、相原がお冷やを持ってきてくれた。

「あ、ありがとうございます」

「あの探偵さんは神苗君の彼女かな？」

唐突《とうとつ》に聞かれて「いやいやいや」と答える。

「今月の初めに出会ったばっかりですよ。二人で伊吹山の薬草を見に行った時も、その日のうちにさっさと帰ってきましたし」

「ほう」

相原は、物言いたげに笑みを浮かべた。

「出会ったばっかりで二人旅じゃあ、会話が持たないんじゃないかい？」

「いえ、そうでもないですよ。伊吹山へ行く電車ではほとんど府立植物園の話をしてたんですけど、子どもの頃から通ってた実菜さんの方が詳しくて、やっぱりなと思ったり……あと、外国の珍しい植物の話を聞いたり」

「植物の話ばっかり？」

「そうですよ。あと、お姉さんの花弥さんが料理上手って話を聞いたり」

「打ち解けてるねえ」

冷やかしとも取れる相原の言葉を、神苗はあいまいな笑みで受け流した。

「しかし、驚いたよ。伊吹山で昔からあの薬草が栽培されてきたなんて……」

「地元の農家がやっている、小さな薬草畑でしたよ。先祖代々『信長公の作った薬草園だ』と伝えられていたんだけど、証拠になる文書はないし、規模が小さくて流通範囲も限られていたから、世間に知られていなくて」

「うんうん。時代が進むうちにそうなっていったんだろうねえ。奈良の平城京があったところも、都でなくなってからたった数十年で農地になったというし」

相原は、歴史カフェの店長らしいことを言ってしきりにうなずいた。

「どうやって見つけたんだ？」

「二人で地元の人に聞いて回ったんですよ。信長の薬草園はどのあたりにあったか、口伝えでもいいから伝わってないかって」

「よく見つかったねえ、それで」

「僕もそう思ったんですけど、地元のことを聞いてほしがっている人は案外多いみたいです」

地元の人間から「信長さんの薬草園って言われてる所ならあるで。小さいさかい、まあ、薬草畑っちゅう方が近いねんけど」と聞いた時の実菜の喜びようを、神苗は思い出した。

——ほとんど予備動作なしで、ぴょんっと垂直に跳ねるんだもんな。あれにはびっくりした。

この子は喜ぶと跳ねる、と心の中でメモをしたのは言うまでもない。

トン、トン、トン。

階段を上がってくる足音とともに、「こんにちはー」という実菜の声が聞こえた。

仕事帰りのOLのような格好をした実菜が、こちらへ歩いてくる。

「お待たせしてすみません」

「いや、大丈夫」

実菜の胸元に細いネックレスが光っている。女性を見ていてアクセサリーに目がいくことは今まであまりなかったな、と思う。

「二人とも、飲み物はどうしましょ？　もちろんサービスするけど」

「ありがとうございます、じゃあホットコーヒーを」

「じゃあ、わたしはミルクティーお願いします」

温かい飲み物を選んだのは、実菜の考えた『信長公のスイーツ』が冷たいからだ。

「神苗さん、一階の壁のアレンジメント見ました？」

「見ました、見ました。花弥さんが作ったんだって、相原さんから聞いてます」

「お姉ちゃん、ちょっとだけ拗《す》ねてたんですよー」

「え、どうして？」

「相原店長から『白を基調にしてるけど豪華な感じで』ってご注文をいただいたんですけど……」

「何か変ですか？」

「『普通やないの、歴史カフェっぽい何か変わった注文かと思ったのに』なんて言ってたんです。お姉ちゃん、あれで凝《こ》り性《しょう》だから」

「はは……そりゃまた、自ら高いハードルを求めに行くみたいな……」

「そうなんです、だから、白い薔薇の中でも和風建築に合いそうな色合いのを選んでました」

「職人気質《かたぎ》ですね」

そんな話をしていると、相原が階段を上がってきた。

「はい、『信長公のスイーツ』お待たせしました」

テーブルに置かれたのは、ガラス器に盛られたかき氷だった。

黄金色のシロップが照明を受けて輝いている。

「レシピは、探偵さんにご提案いただいた通り。蜂蜜に、煎《せん》じたローズマリーと柚《ゆ》子《ず》の皮をブレンドしてます。隣の小皿に添えてあるのは、神苗君と話していて思いついた干し柿入りの麩の焼きです」

「三人の合作ですねっ」

実菜が声を弾《はず》ませた。

「アイスクリームにウエハースを添えるみたいに、舌を休ませられるからね。麩の焼きもいいアイデアだったよ」

相原にそう言われると、自分なりに頭をひねって良かった、という気になる。

コーヒーとミルクティーのために、相原が一階へ下りていく。

スプーンをかき氷に差し入れると、さくりと優しい音がした。

口に含むと蜂蜜の甘みに透明なローズマリーの香りがひんやりと溶け合う。柚子の濃密な香りが余韻《よいん》を残す。

「うまい。甘いのに全然しつこくない」

神苗が独りごちると、実菜が幸せそうにこちらを見た。

「信長公のローズマリー。ミスマッチなようだけど、育てていたのもうなずけるんですよね」

実菜が二口目をすくいながら言う。

効能は、と言いたいらしい。

「ローズマリーの、こうろうは」

「実菜さん、食べ終わってからでいいですから」

「はい。……ローズマリーは肉料理にも合いますけど、薬草としての効能は集中力を高めたり、消化吸収を助けたりすることだと言われています。戦《いくさ》自体はやだなあって思いますけど、必要だと思うんです。集中力」

「消化吸収を助ける力も要《い》りそうですね。陣中食の中には、消化しにくいものもあっただろうし」

「ですよねー。それに消臭効果もあるらしいです」

「ああ、じゃあ鎧《よろい》の臭いを消すのに……すいません、食べてる時に言う話じゃありませんでした」

ふふふっ、と実菜は笑いだした。ひんしゅくを買ったわけではないようで、安心する。

「しかし実菜さん、よく思いつきましたよね。信長の薬草園と伝えられる畑で見つけたローズマリーを、蜂蜜と柚子に合わせてかき氷にかけるなんて。これなら信長が食べていてもおかしくない」

干し柿の麩の焼きをつまむ。

ねっとりした干し柿の甘みを小麦粉の素朴《そぼく》な舌触りが包んでいて、いくつでも食べられそうだ。

「かき氷や蜂蜜は古代の日本でも食べてたって、神苗さん教えてくれたじゃないですか。今回も助かっちゃいました」

「はは、それほどでも。フリーズドライの柚子皮を入れるっていうアイデアはどこから？」

「うちのキッチンにあるからです。気づきませんでした？」

にこっ、と実菜が笑う。

「時々料理に使うんですよ。今日のお昼は、鶏肉とリンゴとフリーズドライの柚子皮を煮てみたんです。お姉ちゃんには『またけったいなもん作ったんやねえ』って言われたけど、結構おいしいんですよ？」

「そうだったんですね」

――『おいしかった』じゃなくて『おいしい』。ということは、まだ残ってるわけだ。まさか……。

「神苗さん、この後うちに来て一緒に食べません？　鶏肉とリンゴと柚子の甘煮」

「えっ」

予感が的中した。

「神苗さん、全然晩ご飯食べに来ないじゃないですか。もしかして遠慮してるんですか？　探偵の仕事がらみでなきゃ行っちゃだめだー、みたいな」

「え、ええ、まあ」

図星《ずぼし》であった。

「今日、来てくださいよ。お姉ちゃんが青椒肉絲《チンジャオロースー》を作ってくれる予定ですから」

「えっ」

青椒肉絲は好物の一つだ。

細切りの肉、タケノコ、ピーマン。

濃厚なタレでまとめられた、それぞれ違う味と色合い。

「いいでしょう？　お姉ちゃんの青椒肉絲とわたしのチャレンジ料理で、二度おいしいです」

――『おいしい』にカウントしていいのか、『チャレンジ』なのに？

突っ込みを許さぬ間合いで、実菜が言葉を継ぐ。

「神苗さんに助手になってもらったけど、考えてみたら週一しか会ってないじゃないですか。もう少し会えたら、所長としても嬉しいんですけど。駄目ですか？」

「駄目じゃないです」

この「駄目じゃないです」の後ろには、（僕ももっと会いたいです）という告白が隠れている。

飲み物を運んできた相原が、こちらを見て冷やかすようにほほえんだ。

ローズマリー

第三話　さそり座の星

蒸し暑くなってきた、五月半ばの宵《よい》。

一人で夕食を食べながらテレビでも見ようと思っていたところに、そのショートメッセージは届いた。

『神苗《かみなえ》先輩。私、見てはいけないものを見てしまいました。』

「どうしたんだ、トモエ」

唐突《とうとつ》な内容に、思わず神苗は独り言を口走っていた。

差出人は西条《さいじょう》トモエという。

学生時代のゼミの後輩で、今は四回生だ。神苗が卒業してからはSNSでしかやり取りをしていないが、最近就職先が決まったばかりらしい。

それにしても、見てはいけないものとは何なのか。

「どう返せばいいんだ、これ」

スマートフォン片手に首をひねる。

「何か面白い話の前振りかな。トモエはふざける時には結構ノリが良いから」

小型冷蔵庫からビールを取り出す。

つまみは、ワンルームマンションの狭いキッチンで作った肉野菜炒めだ。座卓であぐらをかいて食べるのがうまい。

「そういやあいつ、彼氏いたよな。二回生から付き合ってるっていう……」

一口グビリとビールを飲んで、短く返信する。

『何を見たか知らないが、彼氏に相談しなさい。先輩は晩酌《ばんしゃく》で忙しい。』

返信はすぐに来た。

『その彼氏に関することです。もしかしたら私たち、おしまいかもしれないです。』

別れ話でもしているのだろうか。

そういう相談は女友だちの方がいいんじゃないかなあ、と困惑しつつ続きを読んでみる。

『すごく急いでるわけじゃないですけど、男性に聞いてみたいことがあるんです。これってどうなのかと。』

――詳しいことは分からないけど、とにかく急ぎじゃないわけだ。

肉野菜炒めを咀嚼《そしゃく》して、冷たいビールで流しこむ。この味わいを逃したくないので、できればもう少し後にしてほしい。それに、この手の話ならば飲み食いしながら直接顔を見て聞く方がいい。

『もしご都合がよろしければ明日夜七時、十文字屋《じゅうもんじや》でいかがでしょう。話聞いてもらうのにすみませんが、割り勘で。』

こちらの希望を感じ取ったかのように、飲みの誘いが来た。社会人なんだからおごってください――などと言わないところがトモエらしいと思う。

十文字屋は四条《しじょう》烏丸《からすま》にある小ぎれいな居酒屋で、学生時代に何度も後輩たちを連れて行ったお馴染《なじ》みの店だ。

――初めてトモエを連れて行ったのも、ここだったな。

ちょっとした騒動が起きたのを思い出す。

かなり色白なトモエが酒を飲んだ途端《とたん》ゆでだこのごとく真っ赤になったので、神苗も他の学生も慌てて「もう飲むな」と止め、店員が「大丈夫ですか」とお冷やを持ってきた。

当の本人は「みなさんどうしたんですかー？」とにこにこしており、他の女子に鏡を見せられてようやくおのれの異変に気づき「わあ、顔中チーク塗ったみたいになってる！」と叫んだのだった。

『よし分かった、十文字屋で明日七時な。』

短く返事を送ると、すぐに返信が来た。

『お忙しいところ恐縮ですが、どうぞよろしくお願いします。ところで先輩、彼女できましたか？』

――春から可愛い植物探偵の助手をしているぞ。

という返答が頭に浮かんだが、実菜は「彼女」ではない。そうなれば嬉しいだろうな、とは思うが、まだ出会って一ヶ月あまりだ。

『教えてやらない。じゃ、また明日。』

教えてくださいよ、と文句を言われるかと思ったが、寝る時間になっても返事は来なかった。

＊

大勢で飲むなら四条河原町《かわらまち》の安くて広い居酒屋が一番だが、二、三人で飲むなら四条烏丸のオフィス街が良い。

銀行や百貨店が建つ四条通から細い路地に入れば、落ち着いた小さな店が点在している。居酒屋、割烹《かっぽう》、イタリアン、フレンチ、多彩な店がそろっていて飽きることがない。

もっとも、神苗がこういった店に出入りするようになったのは大学三回生以降だ。二十歳になったばかりの二回生の頃は、安く騒がしい大型店でさかんにしゃべりながら飲むのが好きだった。

そして今、社会人となった自分はハイボールを静かに飲み、四回生の後輩は白い肌を真っ赤にしながら、薄いウィスキーの水割りをぐいぐい音がしそうな勢いであおっている。

店に入って、まだ十分あまり。一杯目の酒とお通しが届き、神苗自身の近況を簡単に報告したばかりである。

「へーっ、じゃあ先輩、給料も出ないのにその、花屋さんにくっついた探偵事務所で助手をしてるんですかっ」

かつてのバイト先『歴史カフェ　えまき』の新メニュー創出に協力した件を聞いて、トモエはいたく感じ入ったようであった。

「給料も出ないのに……って言うけどな、給料もらったら副業になっちゃうだろ。府の職員が許可もなしに副業できるわけないだろうが」

「じゃあどうして助手をやってるんですか」

「植物について知るためと、植物園でさばききれなかった相談をどうにかするためだよ」

「あーやしー。それは建前で、本音は花屋さんのこと好きなんじゃないですか」

「違うよ」

我ながら涼しい顔で即答できた。

――「好き」も「植物について知るため」も「相談をどうにかするため」も本音な気がするぞ。

と思いつつ、ハイボールをごくりと飲む。

「それに、なごみ植物店は取引先だから取り次いでも問題ないって上司は言ってる」

「そういうものですか……。社会人って、いろいろあるんですね」

早くもほろ酔い加減なのか、トモエはゆっくり瞬《まばた》きをする。

両頬どころか、ブラウスからのぞく鎖骨《さこつ》のあたりまで赤く染まっている。赤くなる割に酒には強いのが不思議だ。

「で、昨日連絡してきたあれは何だ。『見てはいけないもの』を見たってのは」

「そうでした」

ゆるゆるとトモエはうなずく。

「先輩、私の彼氏が短歌作ってるの知ってますよね」

「あー、だいぶ前に聞いた。大学の短歌会に入ってるんだったな」

五・七・五・七・七の三十一文字で構成される短歌は、現代でも愛好者が多い。厳密に決まっているわけではないが、江戸時代以前の作品は『和歌』、明治時代以降の作品は『短歌』と呼ぶことが多いようだ。

「何だっけ、のろけ話だったぞ？　彼氏が自分の作った短歌を全然見せてくれない、見せてくれたら絶対暗記しちゃうのに、っていう」

「そうです、そう……」

相槌《あいづち》を打つトモエは、少し元気がない。

「短歌会の仲間と同人誌を作ってるらしいんですけど、恥ずかしいからって絶対見せてくれないんです。付き合い始めてから今までずっと」

――おお、悩んでるけど、別れ話が出てるわけじゃないんだ。

他人事《ひと》ながら、良かった、と思う。

「まあ、トモエとの恋愛を歌に詠んでるから、彼氏としては恥ずかしくて見せたくないってことだろ？」

「そう思いますよね？　普通」

「他に何があるんだよ、理由として」

「ちょっと見てほしいんですけど……」

沈んだ声でトモエは言った。

バッグからバインダーを取り出し、開いてみせる。

「駄目だとは思ったけど、彼氏の名前で検索して見つけちゃったんです。彼の詠んだ短歌」

「おいおい。本人は恥ずかしがって見せたがらないんだから」

注意しながらも、気になって見てしまう。

紙にプリントアウトされているのは、十数人による短歌の競作らしかった。

一番上に『WEB歌会まとめ』とあり、日付も記されている。去年の九月に作成されたようだ。

「SNSに仲間同士で短歌を投稿し合って、それをまとめたページらしいです」

薄いブルーのネイルを塗ったトモエの指先が、紙の上を滑《すべ》る。

「この歌です。彼の歌」

（これは、とてもあなたに似た花）
さそり座の　星の話を　していたね
白い花見て　あなたを想う

歌の末尾《まつび》に「遠藤翔太《えんどうしょうた》」とある。そう言えば、トモエの彼氏はこんな名前だったた気がする。

「頭に（これは、とてもあなたに似た花）ってあるのは詞書《ことばが》きだよな」

「だと思います」

詞書きとは、和歌を発表する時に前置きとして書く文章だ。歌を詠んだ事情や日時などが多い。

——花と女の人が似てるっていうのは、まあ、よくあるベタな表現だよな。

たぶん、この詞書きに深い意味はないような気がする。

「ストレートでいい歌なんじゃないか？　白い花を見ていたら、さそり座の星の話をしていたあなたのことを思い出しました……って意味だろ？」

神苗は短歌を詠まないが、さすがにそれくらいは分かる。

「でも」

トモエが唇を噛んでうつむく。

「チキンサラダと水餃子お待たせしましたー」

店員が威勢良く料理を置いていく。

トモエは細い声で「ありがとうございます」と言った。やはり元気がない。

「『でも』、どうしたんだ？」

チキンサラダを小皿に取り分けて、差し出した。

いただきます、と律儀《りちぎ》にトモエは言う。

「白い花じゃないんです。私たちがあの時見てたのは」

「あの時？」

自分のチキンサラダを取り分けつつ、聞く態勢に入る。長くなりそうだ。

「私たちが付き合いはじめたのは、二回生の秋の初め。九月なんです」

「そうか」

「あの時、京都御所《ごしょ》から北へぶらぶら一緒に歩いてる時に、立派な門のあるお寺に何となく入って行って……今思うと、離れがたかったんだと思います。もう夕方だけど下宿に帰りたくないな、一緒にいたいなって」

「うん」

そういう甘ったるい感情には覚えがある。

「お寺の境内《けいだい》を歩いていたら、濃いピンクっていうか、赤い大きな花が咲いているところで彼が立ち止まったんです」

――白い花ではなく。

神苗の視線に、トモエはうなずいた。

「二人で、きれいな花だねって話して……その流れで彼が、さそり座の話を始めたんです。アンタレスっていうきれいな赤い星があるんだって」

「あー、一等星だったかな。目立つ星だよな。理科で習った」

チキンサラダは変わらずうまい。トモエにしてみれば、味わう余裕などなさそうだが。

「そして、一緒にさそり座のアンタレスが見たいな、って言われたんです。それから付き合うようになって」

「あー、普通の会話から告白になだれ込んだわけな」

そして一年が経《た》った去年の九月、トモエの彼氏はWEB歌会でその思い出を詠んだ、ということらしい。

「……で、何で実際は赤い花なのに、短歌では白い花になるんだ？」

「変ですよね？」

真剣な顔でトモエは問うてきた。

「うん。わざわざ白い花にする理由が分からん」

「そうなんです。赤い花を見て、さそり座のアンタレスや、告白を思い出すなら分かるんですけど。何で白い花を？」

「赤のままでいいんじゃないかなー、と思う。短歌は詳しくないけど」

「ですよね」

トモエは水餃子を食べはじめる。

何かを受け入れるような静かな顔つきで。

「私と付き合いはじめた日を思い出して詠んでるなら、『赤い花見て　あなたを想う』になるはずです。それか、字余りで『ピンクの花見て　あなたを想う』」

「うーん。何で『白』を持ってきたんだろうな」

水餃子をほおばった後、待てよ、と思う。

「その辺、彼に直接聞けないのか」

「彼の作品をネットで探したのがばれちゃいます」

「駄目か」

確かめたいけれど、こっそり内緒で見た短歌だから確かめられない。少々ややこしい話だ。

「私、思うんですけど……別の女の人のこと、彼は詠んでるんじゃないかなって」

「そうか？」

思ってもみなかった可能性に、箸《はし》が止まってしまう。

「私以外に仲良くしている人とか、ひょっとしたら、昔付き合っていた人のことを想って詠んだとか。その人とはきっと、白い花の前でさそり座の話をしたんです」

「うーむ」

どっちにしても重い問題のようだ。

「しかしそうしたら、トモエには赤い花の前でさそり座の話をして、別の女の人には白い花の前でさそり座の話をしたという話になるよな」

トモエが水割りを飲み干した。

「……男の人って、そんな風にあっちこっちで同じような口説き文句を使うものなんでしょうか？　そこを聞きたかったんです」

「人によるだろう」

バッサリと切り捨てるように言ったためか、トモエは不安そうな顔になった。

「まあ、短歌の表現上の問題かもしれないからそう気にしなくても」

「ですよね……たぶんそう。先輩、二杯目頼みましょうか？」

「ああ」

「すみませーん。オーダーお願いしまーす」

トモエが店員を呼ぶ。つとめて明るい声を出そうとしているように、神苗には思える。

――ん、待てよ、それって赤白咲き分けの椿《つばき》じゃないか？

二杯目を注文している時、ふと思いついた。

椿の中には、同じ株に赤い花と白い花両方が咲く品種もある。

おまけにトモエが告白されたのは、九月だと言っていた。それなら、早咲きの品種は咲きはじめているはずだ。

――トモエは二色咲き分けの赤い椿だけ覚えていて、彼氏は赤白両方の椿を覚えていた。だから、どこかで白い椿を見た時に彼氏は、トモエとの馴れ初《なそ》めを思い出した……こんなところじゃないか？

「トモエ、さっきの話だけど」

「何です？」

「その赤い大きい花って、椿じゃなかったか？」

「花のことはよく知らないですけど、違うと思います。椿よりもっと大きい、花びらも葉っぱもひらひらした花でした」

「そうか……」

「どうしてですか？」

「いやごめん、椿は赤と白の咲き分けがあるからさ」

先ほどまでの考えを神苗が説明すると、トモエの瞳に光が宿った。

「じゃあ、椿の仲間か、そうじゃなくても、赤と白咲き分ける花だったかもしれないんですね！」

「うーん、その花が何だったか分かれば一番いいのかなと思うんだけどな」

「何の花か……」

トモエが眉《まゆ》を曇らせる。

「分からないです。お寺が思い出せれば、どんな花か確かめに行けるんですけど」

「どのお寺か、思い出せるか？」

トモエは悲しそうに首を振る。

「告白されて舞い上がっちゃって、覚えてないんです。記念の場所なのに、翔太君の言葉と表情ばっかり覚えてて」

「あー、まあ、そっちを優先して記憶するかもなぁ」

「地下鉄鞍馬口《くらまぐち》駅の近くの、古い門のあるお寺なのは覚えてるんです。門の前に立ったら、四角く区切られた空間の真ん中に比叡山《ひえいざん》が見えてきれいでした」

「お寺か……」

「たくさんありますよね」

「京都はなぁ」

二人で顔を見合わせ、苦笑いしてしまう。

トモエはグラスを置いた。

「先輩、さっき植物の探偵さんのこと話してましたよね。お礼はお店の商品でいいって」

「ああ。特に金額に決まりはないよ」

「私、探偵さんに依頼します。あの時、あのお寺で二人で見た花が何だったのか知りたい。知れば、すっきりすると思うんです」

「分かった。明日仕事が終わったら、なごみ植物店に行ってみる」

「ありがとうございます！」

「お待たせしましたー」

トモエを励ますかのように、二杯目の酒が届く。

神苗は二杯目を飲みつつ、遠藤の詠んだ歌を詞書きごとメモした。

――これは、とてもあなたに似た花……か。

トモエが色白だからこの詞書きを置いた、という可能性もあるが、思い出に厳然として存在する「赤い花」を排除して「白い花」を持ってくるのは、やはり妙ではある。

＊

「椿よりも花や葉っぱがひらひらしていて、二色咲き分ける花……ですか？」

なごみ植物店の探偵事務所で、実菜は呪文を復唱するように言った。

「ちょっとすぐには思いつかないですけど、神苗さん、どうしてそんな花を探してるんですか」

テーブルには青紫と赤紫の紫陽花《あじさい》が一本ずつ活けられている。もうすぐ来る梅雨《つゆ》の季節の先取りだ。

「実は、大学の後輩から依頼があったんです。彼氏が詠んだ短歌をこっそり見たら、自分との思い出と一点だけ違っていた、と」

神苗の話を聞くうちに、実菜の目がだんだん活気に満ちてくる。「思いつかない」と言いながらも、植物のことを考えるのは楽しいらしい。

「分かりました。それで、『椿よりひらひらしていて、赤と白に咲き分ける花』はないかってお聞きになったんですね？」

「もしかしたら、そういう花が咲いていたんじゃないかと思ったんです。トモエの思い出では赤い花なのに、去年の秋に彼氏の遠藤君が詠んだ歌では白い花になっていたから。あ、そうだ、歌と詞書きをメモしてます」

メモを受け取った実菜は「いい歌ですね」と感想を述べ、小声で二、三度歌を音読してからメモをテーブルに置いた。

「神苗さんが見た感じでは、その遠藤さんは浮気してなさそうなんですよね？」

「うーん、まあ、直接会ってはいないんですけど。後輩の選んだ男がそんな奴だと思いたくない、ってとこです」

実菜は椅子に座り直して神苗を見た。

「いい先輩ですね、神苗さんって」

「そうですか？」

褒められて悪い気はしない。

「椿よりひらひらしていて、赤と白両方が咲く……」

実菜はきれいな姿勢で座ったまま目を閉じたが、すぐに「あっ」と言って立ち上がった。メモを手に取り、今度は「あなたに似た花」という部分を音読する。

「神苗さん。もしかして後輩さんはとっても色白な女性じゃないですか？」

「白いですよ、かなり」

「もしかして、お酒を飲んだり恥ずかしくなったりすると、すぐ真っ赤になっちゃう人ですか？」

「恥ずかしがり屋じゃないですけど、酒を飲むと毎回ゆでだこみたいに真っ赤になります」

「やっぱり、当たり！」

実菜は両手をパンと打ち合わせた。

「神苗さん。後輩さんは、お寺でその花を見たって言ってたんですよね？」

矢継《やつ》ぎ早《ばや》な質問に、神苗は目が回りそうになる。

「そう、そうです。名前は分からないけど地下鉄鞍馬口の近くで、古い門の前に立ったら真ん中に比叡山が見えた、と」

「ちょっと待ってくださいね」

実菜は本棚に駆け寄ると、京都市内の地図を出してきた。京都御所の北側が載っている頁《ページ》を開くと、「うん」とうなずいた。

「きっと、このお寺。以前何度か行ったことがあります」

「どれです？」

実菜の指先は、鴨川《かもがわ》と地下鉄鞍馬口駅の中間を指さしている。

「天寧寺《てんねいじ》というお寺です。神苗さん、今から行ってみましょう」

神苗の返事を待たず、実菜はドアへ歩いていく。

「お姉ちゃん、天寧寺さんに行って来ていい？」と、売場にいる花弥に声をかける。

「はいはい。暗くなる前に、急いで」

「うんっ」

「今日は鱧《はも》の落としやで。梅とシソ添えて、新生姜《しんしょうが》の炊き込みご飯と、野菜とお揚げさんのおつゆ」

「おいしそう。神苗さんの分もある？」

「あるから、早《はよ》う行っておいで」

棒立ちになっている神苗の腕を、実菜が引っ張った。

「神苗さん。その彼氏さんの歌、説明が足りないけどいい歌だと思います」

「え？　え？」

引っ張られるままに神苗は通りに出て、実菜の呼んだタクシーに乗り込んだ。

＊

タクシーは黄昏時《たそがれどき》の静かな住宅街を走り、すぐに目的地に着いた。

「ここです、天寧寺さんは」

実菜に続いて道路に降り立つと、『天寧寺』と彫《ほ》られた大きな石柱がそばに建っていた。

「神苗さん、見てください。これが額縁門《がくぶちもん》」

さほど大きくはない門を、実菜が指し示した。

木材と敷石《しきいし》で額縁のように区切られた四角い空間のほぼ中央に、比叡山の山容《さんよう》が見えた。まっすぐ延びる短い参道の突き当たりに石塔が建ち、その向こうは遥《はる》か彼方《かなた》の比叡山。絵になる、実に見事な借景《しゃっけい》であった。

「こんな風に、額縁に収まった絵みたいに比叡山が美しく見えるから、この門は『額縁門』って呼ばれてます。後輩さんが言ってたお寺はきっとここです」

「実菜さん、お寺にも詳しいんですか？」

「詳しいっていうほどじゃないですよー。天寧寺さんは植え込みが色々あって好きだから覚えてたんです」

実菜は門を越えてずんずんと歩いていく。拝観料は要《い》らないらしい。

「神苗さん。二人が見た花はこっちですよ。酔っ払う芙蓉《ふよう》の花と書いて『酔芙蓉《すいふよう》』」

「酔っ払う……？」

「これです」

敷石の脇に、その植え込みはあった。

淡い黄緑の大きな葉が夕闇に揺れている。

「椿よりもひらひらした葉。たぶんこれのことだと思います。咲くのは八月から十月だから、花はまだ見られないんです」

実菜はスマートフォンを操作して、画面を神苗に見せた。

「園芸関係のサイトなんですけど」

二枚の画像が並んでいる。

白い八重《やえ》咲《ざ》きの牡丹《ぼたん》に似た花と、同じ形で濃いピンク色をした花と。

「どちらも同じ酔芙蓉の花です。朝に咲いた時は純白だけど時間が経つうちに少しずつピンク色が差してきて、夕方には全部が濃いピンク色になる。酔っぱらいの顔がだんだん赤くなる様子になぞらえた名前です」

「椿みたいに同時に二色咲き分けるんじゃなくて……同じ花が白から赤へ？」

そんな花があると、神苗は初めて知った。

「神苗さんの推理、かなりいい線いってましたね」

実菜に間近から笑いかけられて、神苗はつい固まってしまった。

「赤色の正体は、アントシアニンという色素らしいです。ブルーベリーが有名ですけど、赤いリンゴやナスや黒ゴマ、色んな植物に含まれてます。でも、どうして朝と夕方で色が変化するかまでは、いまだに分からないんです」

「じゃあ、トモエの彼氏は告白から一年後の朝、酔芙蓉の白い花を見て、トモエを思い出して短歌を詠んだと……」

「ええ。だから詞書きに『あなたに似た花』とあるんです。お酒を飲んで白から赤へ変わる」

秘密をのぞき見た少女のような顔で、実菜は笑う。

まつ毛がくるんと巻き上がっていることに、神苗は初めて気づいた。

「彼氏の遠藤さんはきっと、花に詳しい人なんですね。和歌には桜とか紅葉《もみじ》とか、色んな植物が出てくるから……」

「僕はてっきり、花も彼女もきれい、ぐらいの意味かと思ってました」

「ふふふ。ひょっとしたら遠藤さん、告白をしたこの場所が懐かしくなって、わざわざ来たのかもしれないですね。たまたま白い酔芙蓉を見たわけじゃなくて」

「そうかもしれないです。恥ずかしいからトモエに見せたくない、っていうのも分かるような」

（これは、とてもあなたに似た花）

さそり座の　星の話を　していたね
白い花見て　あなたを想う
トモエに見せられた翔太の歌を思い出す。

実菜の言う通り、説明は足りないがいい歌だ。（これは、とてもあなたに似た花）を（白から赤へ。酔芙蓉は、あなたに似た花）とでも変えれば、歌の内容は深まってくる。

夕方に語らった恋人を、朝になって思い出す歌。

「後朝《きぬぎぬ》の歌みたいだ」

感想が、口をついて出た。

「何ですか？」

「いや、何でもないです」

説明は止《よ》した。

後朝の歌とは、夜をともに過ごし朝を迎えた恋人同士が詠み合う和歌のことだ。

トモエには雑談の一環《いっかん》として話せそうなのに、実菜に話すのには躊躇《ためら》いがある。

「解決ですね、神苗さん」

実菜がささやくように言う。長い髪が夕風になびいた。

「後輩さんに連絡しないと」

「そう、ですね」

何でもない風を装《よそお》って、神苗はスマートフォンを出す。

こちらを見守っている実菜のそばで、酔芙蓉の葉がさわさわと鳴っていた。

酔芙蓉

第四話　紫式部の白いバラ

花屋に男子高校生が来るのは珍しい——と、実菜《みな》は思った。

ぜひとも欲しいものが明確にある、という雰囲気ではない。

店内をさまよう視線、ポケットに突っ込まれた両手。

身に着けている灰色のスラックスと白いシャツ、スポーツバッグ風の通学鞄から
すると、市内にある私立高校の生徒らしかった。

左耳には銀色の杭《くい》のような大きいピアスが突き刺さっていて、やけに目立つ。

「あのー、紫式部《むらさきしきぶ》の白いバラ、売ってますか？」

レジを整理していた実菜は一瞬言葉に窮《きゅう》してしまった。夕食を食べにやってきた
ばかりの神苗《かみなえ》も、「えっ？」と聞き返している。

「すみません。うちでは扱っていないのですが……どういうものですか？」

実菜は正直に言った。

平安時代の才女・紫式部も、彼女の著した『源氏物語』も知ってはいるが、「紫
式部の白いバラ」とは初耳だ。

「え……。西陣《にしじん》のなごみ植物店で扱ってるってちらっと聞いたんですけど」

「えっ？」

これもまた初耳だ。

神苗も首をかしげている。

「うちで扱っている、というのは、どこでお聞きになったんですか？」

高校生は困惑顔になり、後ずさりした。

「何でもないですっ、間違いやったみたいです！」

待ってください、と止める前に、男子高校生はドアの外へ出てしまった。店のそばに駐《と》めた自転車にまたがって、慌ただしく漕《こ》いでいく。

「神苗さん、何だったんでしょう、今の子？」

「さあ？　でも、偶然だなあ」

「偶然って？」

「植物園で動いてる企画に似た内容でした。まだ内緒ですけど、今日新聞社が取材に来たんですよ」

「えっ、楽しみです！」

自然と声が大きくなった。

取引先でもあり、憩《いこ》いの場でもある植物園で、何が企画されているのだろう。

「まだ内緒、ですね？」

聞き出したい気持ちをこらえながら言うと、神苗は笑いながらうなずいた。

「まだ内緒です。新聞、見ててくださいね」

二階から、花弥《かや》の呼ぶ声がする。

「実菜ちゃーん、お皿並べるの手伝ってー」

「はーい」

答えた時にはもう、先ほどの客の慌てぶりは実菜の頭から消え去っていた。

＊

『源氏物語』は、多くの植物に彩《いろど》られている。

紅梅《こうばい》、クチナシ、オミナエシ、「そうび」と表記された薔薇《ばら》。

桔梗《ききょう》、ナデシコ、萩《はぎ》、リンドウ。

シダ類、竹類、熱帯植物、などなど。

『源氏物語』に登場する植物をすべて数え上げれば、およそ百十種類。

紫式部は文才だけでなく、植物に関する豊富な知識も備えていた……。

……ここまで書いたところで、神苗はキーをたたくのをやめた。文章がやや堅いようだ。

「神苗君、調子はどない？」

上司の鳴沢《なるさわ》が、コーヒーの入ったカップを手に歩いてきた。飲み物を持ったまま広報部内をスムーズに歩く技は、地味ながらすごい。十年も勤めていると身体的な意味でも職場になじむのかもしれない、と三ヶ月目の神苗は思う。

「もうちょっと柔らかい文章がいいかなと思ってるところです」

ディスプレイを見せると、鳴沢は「せやねえ」と同意した。

「内容はええけど、来園者に販売するもんやからね。もうちょい小中学生にも読みやすい文章に寄せられるやろか？」

「分かりました」

文章を直せと指示されるのは、苦ではない。大学で学んだ歴史の知識を活かせるのだから、この冊子作りはどちらかといえば楽しい。

「こないだの取材、今朝の新聞記事になってるわ。見てみ」

鳴沢が、たたんだ新聞をずいと差し出す。

「わ」

「ん、何びっくりしとるんや？」

「思ったより扱いが大きかったので」

地方版とはいえ自分が上司と一緒に写真つきで新聞記事に載るとは、配属された時は夢にも思わなかった。それにしてもこの写真の大きさは、実菜が見ていると思うと気恥ずかしい。

『源氏物語』の植物、府立植物園で探そう
広報部で86種のガイドブック制作へ

そんな見出しの下に、広報部長と鳴沢と神苗が並んでいる。背後に咲いている白い花々は『源氏物語』に書かれた植物の一つ、クチナシ。初夏に純白の爽《さわ》やかさと甘い香りをもたらす花だ。

「『源氏物語』に出てくる植物のうち、八十六種がこの植物園にある……って、すごいですよね。だいたい八割近く」

「狙って集めたわけとちゃうで。植物園の責務として幅広く植物を集めてたら、そのうちの八十六種が『源氏物語』とかぶってたんや」

鳴沢の説明を聞きつつ、神苗は記事に目を走らせた。

《文豪や古典文学が静かなブームを呼んでいるなか、京都府立植物園は『源氏物語』にちなんだ園内ガイドブックを制作・販売する。……植物園では『源氏物語』に登場する植物110種あまりのうち86種を育てている。平成二十年にもガイドブックは制作されたが現在は在庫切れ。今回はより一層『源氏物語』に親しめる内容を目指す。……》

「これを読んで園内を散策してもらおうというわけやから、分厚すぎず、簡単すぎず、ええ塩梅《あんばい》にせんならんなぁ」

鳴沢は他の広報部員と「進み具合どない?」などと言葉を交わしつつ自分のデスクに戻り、キーを打ちはじめた。ガイドブックの制作は外注せず、すべて広報部が担《にな》うことになっている。

——八十六種。かなりあるなぁ。

道のりの遠さを思っていると、広報部のドアがトン、トンと遠慮がちにノックされた。

「はい?」

来客かと思い腰を浮かせた神苗は、そのまま直立不動になった。

「こんにちは。新聞見ましたよー」

朗《ほが》らかに挨拶《あいさつ》しながら入ってきたのは、実菜だ。キャミソールにごく薄手のカーディガンと、ハーフパンツを合わせている。

隣にいる同年代の女性は、友人だろうか。ふんわりとおとなしそうな顔立ちだ。

「おお、実菜ちゃん。今日は、お友だちと？」

鳴沢が愛想よく言いながら、二人の女性を見比べた。実菜は広報部にも顔が知られているが、隣の女性は初めてここに足を踏み入れたようだ。はにかむような笑みをこちらに向けている。

「中学時代の同級生で、小崎淳子《こざきじゅんこ》ちゃん。今朝の新聞記事を見て、広報部の人たちに質問したいんですって」

「府立大の文学部に通ってます。よろしくお願いします」

淳子はおとなしそうな印象そのままの声で挨拶をした。

「新聞記事いうと、これですかな？」

鳴沢が自分たちの載った新聞記事を掲《かか》げてみせる。

「はい。ちょうど今、『源氏物語』に出てくるバラがどんなものだったかレポートを書いているところなんです。植物園の方にご意見を伺《うかが》いたい、と思って実菜ちゃんに相談したら、こうして連れてきてくれて」

「植物の探偵、今回は仲介役です。ご協力お願いしまーす」

実菜が淳子の肩を抱いて言った。仲が良いようだ。

「ま、どうぞどうぞ」

鳴沢が応接ブースに実菜たちを導き、神苗はポットの京番茶を茶碗に注いだ。

「神苗君もこっち来て、話聞かせてもらいや。何事も経験」

「あ、はい」

植物の知識が足りない自分は聞き役に徹《てっ》しよう、と思いつつ鳴沢の隣に座った。対面に座っている実菜が、おつかれさま、というような視線を送ってきてにやけそうになる。

淳子は、さっそくメモ帳を取り出して話しはじめた。

「『源氏物語』に出てくるバラは『そうび』と書かれているんですけど、これって一般的にバラと聞いて思い浮かべるような、花びらが何重にも重なった大きなバラではないですよね」

鳴沢がうなずく。

「はい、そういうのんはもっと後の時代に品種改良で生まれたので。『源氏物語』のバラは、一重《ひとえ》咲きの原種……つまり自生してたもんやと思いますよ。中国から持ち込まれた庚申《こうしん》バラか、もともと日本にあった原種の白い野バラか」

「もしかして、白い庚申バラかな、と私は考えてます」

「と言いますと、根拠は？」

鳴沢の質問に、淳子は「あまりはっきりした根拠じゃないんですけど」と苦笑しつつ前置きした。

「このレポートでは『源氏物語』の原文を参照しながら、どんなバラなのかできる限り絞り込もうと思います」

淳子はA4サイズのコピー用紙を出した。

「『源氏物語』では、二ヶ所に薔薇が出てきます。『少女《おとめ》』では、列挙《れっきょ》される色んな植え込みの一つとしてさらっと書いてあって、『賢木《さかき》』では貴族たちが楽器を奏《かな》でる場面で、割と細かく描写されてます。こちらが原文です」


階《はし》のもとの薔薇《そうび》、けしきばかり咲きて、春秋の花盛りよりもしめやかにをかしきほどなるに……


「現代文に訳すと、『階の下の薔薇がわずかに咲いて、春や秋の花盛りよりもしっとりと風情《ふぜい》がある』くらいの意味です。『しっとりした風情』なら、赤や黄色よりも白が似つかわしいと思います。それに」

自分の持ってきた資料の束をちらちらと確認しながら、淳子は続けた。

「日本の原種、ロサ・ムルティフローラは一季咲き、つまり春に咲くんですよね」

「そうですな」

鳴沢はさらりと答えたが、神苗は薔薇の咲く季節がいつだったかもおぼつかない。

「対して、庚申バラは四季を通じて、六十日ごとに咲くんだそうです」

淳子の話を聞いてようやく、寒い時期にどこかの植え込みに咲いてたっけな、と思い出す。

「庚申バラはつぼみがついて花開くまでおよそ六十日ってことですけど、そうすると、『ほぼずっと咲いてるけど、花が多い時期と少ない時期がある』ってことになりますよね」

鳴沢も神苗も、無言でうなずく。

「だから……『賢木』の場面に出てくるのは、庚申バラだと私は考えているんです。紫式部が書いたのはちょうど花が少なくなっている時期だ、と」

実菜が隣でうなずく。

「一重咲きの、白い庚申バラが少し咲いてる……って場面なんだね」

神苗も「なるほど」とうなずいた。

「まさに、『紫式部の白いバラ』ってわけですね」

淳子は「はいっ」と感激したような返事を返してきた。

「神苗さんのその言い回し、すごくいいです。襲《かさね》の色目《いろめ》みたい」

襲の色目とは平安時代の装束《しょうぞく》において、色の違う生地《きじ》を重ねて作り出した色合いのことを言う。白と紫の組み合わせは「白躑躅《しろつつじ》」という春の色目だ。

「あ、いえ、僕の考えたフレーズじゃないんです、実は」

神苗は慌てて、手を振って否定した。

実菜がこちらを見て「あのお客さんですね」とささやく。

「誰が考えたフレーズなんですか？」

淳子が神苗と実菜を見比べる。

「この前なごみ植物店さんにおじゃました時、男子高校生がふらっと入ってきて聞いたんですよ。『紫式部の白いバラ、売ってますか？』って」

「そう。どんなものかは知らないけど、うちで売ってるとどこかで聞いたらしくて」

実菜は釈然《しゃくぜん》としない様子で言う。

「その子は結局『間違えました』と言って帰っちゃったの。何だったんだろう、今思うと」

「実菜ちゃん、その子も『源氏物語』の植物について調べてたのかもよ？　学校の課題か何かで」

興奮気味に淳子が言った。

「なごみ植物店で、っていうのは勘違いみたいだけど、『紫式部の白いバラ』って呼ばれてる一重咲きのバラがあるのかも？　正式な種名じゃなく、通称で」

「そうなのかなあ」

実菜はまだ釈然としない顔をしている。

「淳子ちゃんも、植物園の人たちも、高校生も、『源氏物語』の植物に関心を持ってる……ってことだよね。そんな偶然あるのかな」

「京都ではありうることとじゃないですか？」

神苗が言うと、実菜は「そうかもしれません」とうなずいた。

「紫式部が書いたバラか……」

鳴沢が呟《つぶや》いた。

「色は確かなこと言えまへんけど、やはり日本の原種よりも、庚申バラの可能性の方が高そうやなあ。『源氏物語』の時代にはもう、遣唐使《けんとうし》が日本に持ち込んでたはずやしね」

鳴沢は、一般的に見られる庚申バラの多くは淡いピンクから紅色なので、紫式部がイメージして書いたのは白いバラなのかどうかやはり断言できない、と付け加えた。

ただ、四季咲きの花は開花に栄養が取られる分成長が遅くなり樹高が低くなる可能性があるので、その点から言っても『賢木』で『階のもと』に咲いているのはやはり庚申バラだろう、とも。

「そうなんですね……その点もレポートに書かせていただきます、ありがとうございます！」

「いや、こちらこそ興味深いお話でした」

褒《ほ》められた淳子本人よりも、隣に座る実菜のほうが嬉しそうな顔をした。

友だちが褒められて喜んでるんだな、と思い、神苗はつい口元がゆるんでしまった。淳子も鳴沢も、なごやかな顔をしている。

──笑顔の種を抱えて運んでるみたいな人だ。

笑みの花を咲かせる人、と考えると、やはり春の女神なのかもしれない。

「せや、園内にはバラ園がありますので、どうぞ見てってください。ちょうど『賢木』と同じ初夏ですし、ベッド仕立ていうて、地べたに広がるような植え方してる株もありますねん。『階のもと』にありそうでっしゃろ？」

丁寧な鳴沢のコメントを聞いて、ようやく神苗は笑みを収めた。勤務中に夢見心地になるよりも、帰りになごみ植物店に寄って小さい観葉植物の鉢植えでも買おう、と思う。この頃ワンルームマンションの殺風景ぶりが目についてきたところだ。

淳子と二人でドアへ向かう時、実菜は「じゃあ、また」と言った。うぬぼれでなければ、はっきりと神苗の顔を見て。

＊

なごみ植物店では、五月の終わりからホタルブクロを取り扱いはじめた。色は赤紫と白。吊《つ》り鐘《がね》型の、本当にホタルの入りそうな空洞を持つ花だ。

実菜はレジ横の作業台で白いホタルブクロを手に取ると、茎《くき》の端を切り落とした。アレンジメントにする前に、とりあえず水の入ったガラス瓶に差す。同じ色のトルコキキョウも何本か、茎を短く切って添える。

——ホタルブクロは茶室に活けられる花だけど、洋風の部屋にも置いてほしいなあ。合わせる花次第で、和花っぽさは和《やわ》らぐから。

実菜は最近、白いトルコキキョウとホタルブクロを中心とした涼しげなアレンジメントを作るのに凝《こ》っている。ついついたくさん作りそうになるが、今日は三つだけでやめときや、と花弥から厳命されている。

「実菜ちゃん、神苗さんお元気やった？」

レジの札や小銭を整理しながら、花弥が聞いてきた。

「今日、淳子ちゃんと広報部に行ったんやろ？『賢木』に出てくるバラのことで。神苗さん、いてはった？」

「うん、元気だったよ。広報部でお話しする時、鳴沢さんに呼ばれて一緒に聞いてたの」

「ああ、一緒やったん？　何で黙ってたん？」

「いちいちそんなの報告しませんー」

「実菜ちゃん、神苗さんのこと気に入ってるみたいやから。黙ってたのが意外やわ」

「うーん？」

どう答えようか迷いつつ、アレンジメントに使うリボンを選ぶ。緑が良さそうだ。

「前から思ってたけど、お姉ちゃん、わたしと神苗さんをくっつけようとしてない？」

「え？　お似合いやとは思うけど。くっつけようとしてたかなぁ、うち」

とぼけているのか本気なのか、花弥は優しくほほえんだ。

「神苗さんと歴史カフェに行きなさいとか作戦会議しなさいとか、言ったじゃない」

「そうやったかなぁ」

郵便物の整理を始めつつ、花弥はにこにこしている。

「実菜ちゃんは、神苗さん好きなん？」

「えー……」

緑のリボンをはさみで切る。

アレンジメント三つ分、三本。動揺しないように、長さを間違えないように。

「いい人、だと思う。最初に会った時から」

「最初？　何かあったん？」

――あっ、お姉ちゃん、面白がってる。

実菜は専門学校に行っている間京都を離れていたが、姉のことは充分に分かっているつもりだ。

――淡々としてるけど、ことのなりゆきが気になっている時の顔。

自分もポーカーフェイスを作って、実菜は答える。

「四月の、桜が咲いてた時。植物園の正門花壇でチューリップを見てたら、女の子の描いた絵が風で飛んで……」

「ああ。例の、逆さまのチューリップの絵やね」

「わたし、思わず『大事なもの！』って叫びながら真剣白刃取りみたいな格好でキャッチしちゃったの」

「実菜ちゃんらしいわ」

ふふっ、と花弥は口元を押さえて笑う。

「小さい子どもが描いた絵って、大事なものとしか思えなかったんだもん」

拗《す》ねた表情になってしまったのを、実菜は自覚した。姉と話している時の自分は子どもっぽい、と思う。

「でも神苗さん、あの時わたしのことを変な目で見なかった。あの後、『植物の探偵』なんて突拍子《とっぴょうし》もない自己紹介をしたから驚かれたけど……でも、目が、あったかかった」

「そう思えるってことは、好きなんちゃうん」

さらりと花弥が言い、実菜はどうしていいか分からなくなる。

「それだけで好きって断言しちゃっていいのかな」

「さあ、どうやろねえ。ええ気もするけど」

花弥の口調は、突き放すようでいて興味津々《しんしん》——と、実菜には思えた。

「そんで実菜ちゃん、今日はどんなことしゃべってたん？」

「紫式部が『賢木』の巻で書いたのは、白い庚申バラじゃないかって淳子ちゃんは考えてて……植物園の鳴沢さんも、色はともかく種類はそうだろうって。遣唐使が中国から持ち込んだって話をしてた」

「ああ、遣唐使も珍しい植物を狩るプラントハンターなんやねえ。うちのお父さんお母さんみたいやわ」

そう言われると、プラントハンターという仕事がますます魅力的に思えてくる。

「珍しい植物って言えば……お姉ちゃん、『紫式部の白いバラ』って花、どこかで売ってるの？」

「何や、それ？」

「この前、神苗さんがいる時に入ってきた高校生のお客さんなんだけど、ないかって聞いてきたの。うちで扱ってるって聞いた……って」

「えーっ、うちに？　そら何かの間違いやんなぁ」

「うん、結局『間違いやったみたいです！』って帰っちゃった」

「扱ってるどころか、初めて聞いたわぁ」

「淳子ちゃんが調べてるのも『源氏物語』に出てくるたぶん白いバラだから、神苗さんが広報部で『まさに紫式部の白いバラですね』って感心してた。そんなに偶然が重なるなんて、びっくりだけど……」

「植物園の人らが『源氏物語』の植物に注目しはって、高校生と淳子ちゃんは、その中でも『紫式部の白いバラ』に注目したわけやね」

その時、店のドアが開いた。

花弥も実菜も条件反射的に「いらっしゃいませー」と玄関先を見た。

入ってきたのは、青にどぎついオレンジ色のラインが入った、よく言えば個性的な長袖シャツを着た男だった。

男はじろりとこちらを見た。

「今、なんて、言った？」

低い、脅《おど》しつけるような声だ。

「今、紫式部の白いバラって、言っただろ？」

男は探るような目つきでじりじりと歩いてくる。実菜は、神苗がここにいたら、と思っている自分に気づいた。

「何のことでしょうか？　今うちらが話してたんは、『浦崎《うらさき》地区の白いバラ』で」

にこやかに花弥が言った。

――お姉ちゃん、こういう顔で堂々と嘘つけるんだなぁ。

わが姉ながら巧みだと思う。

「お客さん、バラを探してはるんですか？　その……『紫式部の白いバラ』」

「はっ」

男は小馬鹿にしたような笑い声を漏らした。

「知ってる奴を、探してたところだよ」

「はあ」

花弥の笑顔が固い。隙《すき》を見せまいとしているのが、実菜にも伝わってくる。

「なあ、ここも西陣だろ？　本当に『紫式部の白いバラ』聞いたことないか？　ジュンコって女、、知らないか」

――何言ってるの、この人？

「これだよ、これ」

男は抱えていたバッグからタブレット端末を出した。画面は公開型のSNSだ。


本日のお気に入りフレーズ。

紫式部の白いバラ。

詳細は内緒。いつか発表できるといいな。


――淳子ちゃん。

実菜は思わず口を開けてしまった。

アカウント名junko_nishijin。

──今まで気がつかなかったけど、このアカウント名、危ない……！

アイコンが風景だけなのは不幸中の幸いだが、西陣にいるジュンコ、とすぐ分かってしまう名前だ。

その直前の投稿を見て、ああ、と思う。

お花屋さんが友だちで良かった！

淳子としては「植物園に紹介してもらえる」という意味で投稿したのだろう。

しかしこの男は、「西陣で花屋とジュンコという女が結託していて、紫式部の白いバラについて何か知っている」と解釈したらしい。

「やっぱり何か知ってるんじゃないのか。西陣のジュンコって人がいるんだろう？

あんた、本人？」

「お客さん、すんまへんけど」

距離を詰めてくる男と実菜の間に、花弥が割って入る。

「うちら、そんな女の人知りません。紫式部のバラというのも売ってませんので」

「へえ」

男は、ふんと鼻を鳴らした。いかにも感じが悪い。

「知らないなら用はない」

そう言いながら、サボテンが何種類か並んでいる棚をじろじろと眺めている。早く帰って、と実菜は願った。

「……ああ、白い匂いがする」

男は陶然《とうぜん》とした顔で、蘭の鉢植えに目を向けた。

――蘭の色は紫だし、匂いが白いって？

酔っ払いのような足取りで男は出て行く。

店の前に駐めておいた原付で、通りへ出ようとしている。

――あ、ちょっと待って。

実菜は胸を押さえた。

蘭の匂いを「白い」と視覚で表現する、感覚の混淆《こんこう》。

あの男が見ていた、サボテンの種類。

ある可能性に思い至った時、実菜はエプロンのポケットからペンを取り出し、ショーウィンドウへ駆け寄っていた。

紙を用意する余裕もなく、窓の向こうに見える原付のナンバーを手のひらに書き留める。

「どないしたん、実菜ちゃん」

緊張が残っている声で、花弥は聞いてきた。男の原付はもう走り去っている。

「うちにはちょっとよう分からへんわ。なんなん今の人？」

「淳子ちゃんが植物園で神苗さんから『紫式部の白いバラ』っていう言葉を聞いて気に入って、ＳＮＳにアップした……それを見たあの人は、アカウント名を手掛かりに西陣まで淳子ちゃんを探しに来た……」

「ど、どういうことなん？」

「お姉ちゃん。たぶん……きっと、淳子ちゃんがレポートに書こうとしている『紫式部の白いバラ』と、あの人や高校生が言っているものは違う。淳子ちゃんに連絡してから説明するね」

——落ち着け。

自分に言い聞かせながら、淳子に電話をかける。

『実菜ちゃん、どうしたの？』

電話に出た淳子に、実菜は「今どこにいるの？」と問いかけた。

『まだ大学にいるけど』

「一人きりになってない？　早く帰れる？」

『待って待って。何かあったの？』

——いやな、とてもいやなものが淳子ちゃんを探してうちに来た。

心を落ち着けようと、実菜は呼吸を整えた。

「淳子ちゃん、SNSから『紫式部の白いバラ』を消して、アカウント名を変えて。それと、一人きりにならないようにして」

電話の向こうで、淳子は二、三秒黙った。

『……実菜ちゃん。今日は誰かに送ってもらうし、SNSのことも検討するから、わけを聞かせて？』

返答を聞いて、実菜は安心のあまりその場に座り込みそうになった。

＊

――買うのはポトスかグリーンネックレスにしよう。ワンルームマンションでも邪魔にならないはずだ。

小さい鉢植えなら財布にも優しい……とのんきに考えつつ、神苗はなごみ植物店へと歩いていた。

勤務は定時で終わったが、帰宅後にインターネットで観葉植物について調べていたので時刻はすでに午後六時を過ぎている。

――もうそろそろ閉店じゃないか。

前を歩く若者を急いで追い越そうとして、はたと気づく。

白いシャツに灰色のスラックス、左耳に突き刺さった銀色の杭のようなごついピアス。なごみ植物店に来て「紫式部の白いバラ」について尋ねた高校生だ。

「なごみ植物店に来た学生さん？」

軽い気持ちで声をかけると、高校生はすさまじい勢いで振り返った。

「いや、調べ物がうまくいってるか聞いてみたかったんだけど」

神苗がそう言うと、高校生は睨《にら》みつけてきた。

「調べ物って、何のことだよ」

「えっ、古文か歴史の勉強じゃなかったのか？」

「は？」

高校生は間《ま》の抜けた声を発すると、一気に駆け出した。

まるで、危険を察知《さっち》した野生動物のような動きだった。

「お、おい？」

声をかけたが、振り向きもしない。

――そんな偶然あるのかな。

という実菜の言葉が、突如《とつじょ》として脳裏《のうり》によみがえる。

嫌な予感がして、神苗はなごみ植物店に向かって走った。

横断歩道の向こう、ショーウィンドウ越しに実菜と花弥の姿を見とめて安心する。

よく分からないが、あの高校生はなごみ植物店に関わってほしくない。

というより、あの高校生が何か良くないものに関わっている気がする。

さっきの件は報告しておこう、と思いつつドアを開けた。

「こんばんは」

「ああ、神苗さん、こんばんは。今日は実菜ちゃんがおじゃましたみたいで」

花弥の笑顔は、暗い細道を通ってきた後のようにこわばっていた。固定電話の前で住所録らしきものを開いて、どこかに電話する用事があるようだ。

「こんばんは、神苗さん」

実菜も気疲れしている表情だ。

「実菜さん、今さっき、この間の高校生に行き会いましたよ」

「えっ？」

「あの、『紫式部の白いバラ』について聞いてきた男子高校生。調べ物はうまくいってるかって話しかけたら逃げてしまって。何か妙だなと思いながら、ここへ来たんですけど……」

花弥と実菜が、不安げに顔を見合わせた。

「実菜ちゃん。やっぱり、その子のことも警察に連絡した方がええと思うわ。どこの高校か分かる？」

「うん、制服とバッグ見たから分かる」

「え、警察って……何でです？」

神苗は慌てた。なぜ、『紫式部の白いバラ、売ってますか』と聞いてきただけで通報するのか。

「神苗さん、さっき店におかしな人が来たんです」

唐突な実菜の報告に、神苗はさらに慌てた。

「お、おかしな人？　大丈夫だったんですか」

「被害があったわけじゃないです」

それを聞いてひとまず安心する。

「いったい、何が？」

「SNSで淳子ちゃんの書き込みを見かけたって言って、探しに来たんです。書き込みをした人間を知ってるか、『紫式部の白いバラ』を知ってるかって」

実菜から一連のやり取りを聞いて、神苗は背筋がぞっとした。態度が不穏《ふおん》すぎる。

「電話してみたら淳子ちゃんは大学にいたんですけど……念のため、一人で帰らないようにと、アカウント名も変えるように言いました。大学の同級生の男の子に送ってもらうそうです」

「淳子さんも、家は西陣？」

「はい、自転車で帰ってくるはずです。またあの男の人がうろついてたら危ないから、心配で」

実菜は落ち着かない様子だ。

花弥はレジ横の固定電話で、同業者らしき相手に呼びかけている。

「青にオレンジ色のラインが入ったシャツの、二十五、六歳の男の人で……はい、『紫式部の白いバラ』やとか『西陣のジュンコ』やとか、探してはるんです。うち以外の花屋も回ってるんちゃうかと心配で……」

「その男の目的は、いったい……？」

神苗が聞くと、実菜は電話中の花弥と視線を交わし合い、うなずいた。

「順番が後になりましたけど、あの人と高校生が言った『紫式部の白いバラ』は、たぶんバラじゃありません」

実菜は棚へ歩いていき、一つの鉢植えを下ろした。丸く大きい、とげのないサボテンだ。マーガレットを小さくしたような、可憐《かれん》な白い花が咲いている。

「実菜さん、これは……？」

「和名ウバタマ、別名をペヨーテ。南米原産で、精製すれば幻覚作用を持つ薬物になります」

「え……」

神苗はごくりと唾を飲み込んだ。

「そんな危ないものが店頭にあるわけ、ないですよね？」

「日本で普通に栽培されているものを食べても、成分が薄すぎて効かないそうですけど……ある種のペヨーテを精製すれば」

「……危険ドラッグになるわけですか……」

「あの男の人は、このサボテンをじっと見ていました」

「でも、見ていただけでは、危険ドラッグの関係者とは言えないような」

「あの人は紫の蘭の匂いを嗅《か》いで、『白い匂い』と言っていたんです」

「匂いが、白？　言い間違いではなく、ですか？」

「共感覚《きょうかんかく》と言われる現象です。音を聞いて色を感じたり、逆に色を見て音を感じたり……生まれつきの人もいるけれど、薬物の作用でそうなることもあります」

「つまりその男は、ペヨーテから作られたドラッグの中毒患者だった……と？」

「わたしの単なる推測が外れなら、それでいいんですけれど……」

実菜が不安げに視線を落とす。

花弥がいたましそうに実菜を、次に神苗を見た。

「警察には念のため通報したんよ。実菜ちゃんが控えてた、その人の原付のナンバーも伝えて……」

神苗は、そっと実菜の肩に手を置いた。

「……危ない時にいなくてすみません」

実菜が笑顔で首を振り、神苗は名残《なごり》惜しい気持ちで手を離す。

「実菜ちゃん、今日は疲れたし、後で出前とろか？　晩ご飯まだやったら、神苗さんの分も」

おかまいなく、と神苗は言おうとしたが、それより早く実菜が「うんっ」と返事をした。神苗のシャツの袖《そで》を、しっかりとつまみながら。

「いけない。わたし、警察に電話しますね。さっきお聞きした高校生のこと」

そう言って、すぐに神苗の袖を離した。

少し一緒にいた方が良さそうだ、と神苗は思う。

淳子から無事に家に帰り着いたという電話がかかってきたのは、それからまもなくのことだった。

＊

鳴沢の移動術は今日も冴えている。

湯気の立つコーヒーカップと、新聞を持ってこちらにするすると歩いてくる。

「神苗君おはよう、見てやこれ、見てやこれ」

いつになく慌てた風だ。

「『紫式部の白いバラ』て、一昨日《おととい》ここで話をしたあれやんけ」

「な、何かあったんですか」

声をうわずらせながら、神苗は新聞を受け取った。

一昨日の晩に続いて、昨日も神苗はなごみ植物店に顔を出し、一緒に夕食を摂《と》った。姉妹の身に何かあっては、という心配からだ。

警察でどういう捜査が進んでいるかは実菜たちも知らないようだったが、何か進展があったのか。

京都・西陣で違法薬物製造工房摘発される
通称「紫式部の白いバラ」

見出しを見たとたん、心臓がドクリと鳴った。

「紫式部の、白いバラ……」

「神苗君。聞いた話では、なごみ植物店に来た高校生が言うてた言葉やったな？」

「そうです。まさかあの高校生、薬や売人を探してたんじゃ……」

鳴沢が苦虫《にがむし》を嚙みつぶしたような顔で「そうかもしれへん」と呟いた。

「違法薬物の売人はな、高校生も餌食《えじき》にしよるらしいわ。どこの店へ行ったら手に入る、値段も安い、いう話を口コミで広げるらしいわ」

「ひどい話ですね」

「大人に売るのもひどいけどな」

「あの高校生が、まだ手を出してなければいいですけど……」

憤《いきどお》り、心配しながらも、記事を読み進める。

《ウバタマと呼ばれる南米原産のサボテン（ペヨーテ）で違法薬物を精製・販売していた疑いで、京都市内の輸入食品店『ナカガミ食物店』が家宅捜索を受けた……》

神苗は眉《まゆ》をひそめた。

――ナカガミ食物店と、なごみ植物店を間違えたのか。

目で見ればそうでもないが、耳から入ってきた場合は間違えるかもしれない。

このあたりが生活圏らしいあの高校生が、もともと「なごみ植物店」の看板を目にしていたのならば、なおさら。

《苦みを和らげ効き目を強くしたこの薬物は、原料のサボテンが白や紫の花を咲かせることと京都で作られたことから「紫式部の白いバラ」という隠語で呼ばれており……》

「なんや、末端の売人が西陣あたりの花屋を回って『紫式部の白いバラを知らないか、SNSで見た』って言うてるうちに、怪しまれて通報されたらしいわ。町の噂では」

地元民らしく、鳴沢は情報通のようだ。

「実菜さんから聞きました。淳子さんが、僕から聞いたフレーズを気に入って、SNSに書き込んだそうです。彼らの扱っている商品だと知らないまま……」

「そうやったんか」

「責任を感じます……。僕がこの広報室で『紫式部の白いバラ』と言ったために、売人が西陣の花屋をうろついたわけで」

「神苗君は何も知らへんかったんやから、しゃあないやろ。しかし売人はSNSの書き込みを見て、縄張りを荒らされたと思ったんやろうな」

つまりその売人は、早とちりをしてわざわざ西陣の花屋を回り、原付のナンバーを実菜に知られた、ということになる。

――黙って様子を見てる方が良かっただろうに。薬で判断力を失っていたのか。

そう思うと、あらためてぞっとする。

「その男は、なごみ植物店にも来たそうです。通報したのは花弥さんだそうで」

自分がもっと早く店に行っていれば、あの姉妹と不審な人物の間に割って入ったのに――と苦い思いを抱えつつ、神苗は言った。

鳴沢が「おお」と声を漏らす。

「もしかして実菜ちゃんが、その売人に応対したんか？」

「あ、実菜さんと花弥さん両方だそうですけど。……なぜ、実菜さんの方だと？」

「いやなに」

鳴沢はニカッと笑った。

「やばい奴に出くわした時に、そばにいてやれへんかったーいう顔やったからな。

惚れてんのやろ？」

絶句《ぜっく》した神苗の顔を楽しそうに見ながら、鳴沢はコーヒーをごくりと飲んだ。

「はたで見てたら分かるねん」

笑う他にどうしようもない気がして、神苗は笑顔で新聞記事を鳴沢に返した。

庚申バラ

第五話　蛍の集まる草

十二、三歳のカップルが、並んで座っている。
初々《ういうい》しい――と、神苗《かみなえ》は思った。

自分がローティーンの頃は親しい女の子など一人もいなかったので、正直なところ、うらやましいとすら思う。

しかし、女の子が水色のワンピースのひざに乗せている、薄型の手提げ金庫はどういうわけなのだろう。

隣に座る男の子が、無表情ながらも時おり女の子と金庫に視線をやっているのは、どういう気持ちなのだろう。

――置き引きや引ったくりに遭《あ》わないか心配になってくるぞ。いかにも金目のものを持ち歩いて。

そういう意味でも、神苗は二人が気になる。

今日は、府立植物園のイベント開催日だ。

題して『夏休み植物相談会』。

園内にしつらえた大型テントを相談会場として、広報部員や技術職員などの経験豊富なメンバーが相談を受ける。

テントの内部にはパイプ椅子が並べられ、老若男女《ろうにゃくなんにょ》さまざまな人々が順番を待っている。

子ども同士や親子連れの参加が目立つのは、夏休みの自由研究のためだ。

朝顔の花の色について調べたい。

衛星データを使って植物の分布状況を調べられるか。

花が開くところを観察したい。

……などなど、内容は多岐《たき》にわたる。

「神苗君、来場者今何人？」

テントの外を通りかかった職員が聞いてきたので、記録表に書いた人数を口頭《こうとう》で伝えた。アンケート用の鉛筆をチェックすると何本か先が丸くなっていたので、手回し式の鉛筆削りで尖《とが》らせておく。

まだ一年目の新人なので、神苗の役目は相談員たちのサポートだ。

受付で整理券を渡したり、相談員の使うメモ用紙などを補充したり、テント内に設置した扇風機の風量調節をしたり、相談を終えた人々にアンケート用紙への記入をお願いしたり——難しくはないが、こまごまと動き回り、それなりに気を遣う。

——新しい流行のバッグ、ってことはないよなあ。金庫。

例の女の子は手提げ金庫の他にも、小さなショルダーバッグを持っている。男の子は手ぶらのようだ。

――僕だったら金庫を持ってあげるけどな。たぶん。

二人はおしゃべりするでもなく、必要以上にくっつくでもなく、行儀良く順番を待っている。

――しかしあの二人、顔つきや雰囲気が似てないか？

受付用の長机が置かれたテントの入口で何となく見守っていると、小声で「神苗さん」と呼ばれた。

「あ、実菜《みな》さん」

隣のテントから、実菜が出てきていた。

相談室だけでは物寂しい、ということで、隣では取引先であるなごみ植物店が出店しているのだった。

「おつかれさまです。細かいお仕事がたくさんあって大変でしょう？」

「いえ、それほどでも」

言葉とは裏腹《うらはら》に、神苗は舞い上がっていた。

出店を切り盛りしながら、こちらの仕事ぶりをそれとなく見ていてくれたなんて

……と胸が熱くなってくる。

「お姉ちゃんが言ってました。若手の職員は慣れていない分、イベントの手伝いで細かい雑多《ざった》なお仕事をするのが大変なんだって」

「あ……はい。頑張ります」

神苗個人を観察したわけではなく、姉から聞いた一般論であったようだ。

――ちょっと自意識過剰だった。

それでもねぎらいの言葉は嬉しい、と思う自分はおめでたいのかもしれない。

「神苗さん、さっきちらっと見て気になったんですけれど」

実菜は声を潜《ひそ》めて、テント内に視線を投げた。

「金庫を持ってるあの二人。見たところ『困ってる度数』が高いです」

「何ですかそりゃ」

「見た感じの、緊張感っていうか」

それ以上ぴったりくる言葉が見つからないのか、実菜は苦笑した。

「もし、植物の探偵の出番だったら遠慮なく声をかけてくださいね」

「はい、もちろん」

「お仕事が終わったらうちで打ち上げしましょう」

「いいですね。お邪魔します」

「そうめんにミントの葉を添えてみたらどうかなあ」

どんな味だろう、と想像した。出汁《だし》の効いためんつゆにミント。

――止めた方がいいんだろうか？

「じゃ、また終了後に。がんばってくださいねー」

「は、はい」

実菜が隣のテントに戻っていく。奥から花弥《かや》の「お帰りー」という声が聞こえてきた。

＊

アブラ蟬《ぜみ》の声が降り注ぐ中で淡々と相談会は進み、金庫を持ったカップルの番になった。

女の子は金庫を手にすっくと立ち上がり、『相談員』と札が立てられた机の前に移動した。相談員は、広報部に十年勤めている鳴沢《なるさわ》だ。

「よろしくお願いします」

女の子が礼儀正しく挨拶をし、鳴沢の向かいに座った。

「……よろしくお願いします」

一拍置いて男の子も挨拶《あいさつ》し、女の子の隣に座る。

「ホタルが集まる草、知りませんか？」

ワンピースのひざにきちんと金庫を置いて、女の子は尋ねた。

――そんな草、あるのか？

神苗はそばで椅子を並べ直しながら聞き耳を立てた。成虫となったホタルは食料を必要としない。特定の植物にホタルが集まることなど、ありうるのだろうか。

「初めて聞きましたね」

鳴沢も意外だったようだ。

「ホタルグサという別名を持つ植物ならありますよ」

「そうなんですか？」

女の子が身を乗り出した。

「ホタルの出る初夏から青い花が咲く、ツユクサのことです。しかし特にホタルが集まってきたりはしません」

神苗の知らない知識であった。

男の子と女の子も最初だけ「へえ」という表情になったが、すぐ浮かない顔つきになる。

「どうしようか」

男の子が言うと、女の子は「うーん」と指先を顎《あご》に当てた。

「もう一回庭を見たら何か分かるかも」

「庭に何かあったんですか?」

鳴沢が女の子に質問した。

「わたしたちいとこ同士で、東京から祖父のところに遊びに来てるんですけど……」

なるほど、似ているのも道理だ。

「さっき、祖父からこの手提げ金庫と、こういうメモをもらったんです」

女の子はショルダーバッグから一枚の紙片を取り出した。

気になった神苗は、メモ用紙を補充するついでに近づいてみた。


金庫の鍵は、ホタルが集まる草の下。

ヒント、龍安寺《りょうあんじ》の石庭《せきてい》。落語の扇子《せんす》。


「まるで暗号やねえ、これは?」

鳴沢が首をかしげた。神苗もそう思う。

「その金庫は、何を入れてはるんです?」

「お小遣いなんです。祖父からの」

「えっ、どんな金額ですか、金庫に入れるって」

「いいえ、金額は普通だと思うんですけど」

女の子は金庫をひょいと持ち上げてみせた。さほど重くはないようだ。

「祖父が言うには、『ただ普通にお小遣いをあげるのはつまらん。小遣いの入った金庫の鍵は、庭に埋めてある。このメモの謎を解いて探してみ？』……とのことでした」

「普通に渡してくれればいいのに」

男の子が不満げに呟《つぶや》き、女の子がちろりと睨《にら》むと目をそらした。

「祖父の庭は色んな植物が生《は》えているから、『ホタルが集まる草』って言われても何なのか分からないんです。植物園の人に聞けば分かるかな、と思って来てみたらこういう催《もよお》しがあって」

「なるほど」

鳴沢は重々しくうなずいた。

「神苗君」

「はい」

「これ、なごみ植物店に持っていく案件やないか？　植物の探偵に」

と、テントの外へ視線を投げる。

「植物の、探偵って……？」

はきはきとしていた女の子がこの時初めて不思議そうな、年相応にあどけない表情になった。

＊

男の子と女の子を連れて隣のテントに入ると、実菜と花弥は植木を買いに来た客と「暑いですねえ」などと談笑しているところだった。

「実菜さん。依頼です」

声をかけると、実菜は「はーい」と明るい笑顔を返してきた。

依頼人二人が困惑しているのを、神苗は感じた。

隣のテントにいるのは植物の謎を解いてくれる人だ、と言われて入ってみたら自分たちの姉ぐらいの年齢だったので、面食らったのかもしれない。

「植物の探偵をしています、和久井《わくい》実菜です」

実菜が一枚ずつ名刺を渡すと、女の子は鳥山志保《とりやましほ》、男の子は池上正人《いけがみまさと》と名乗った。

「いとこ同士なんです」

志保が言うと、正人は小さくうなずいた。

「そうなんですねー。中学生？」

「小学六年生です」

正人は無愛想な口調で答えた。

「探偵さんに払うお礼、あんまり払えないと思うんですけど……」

ばつが悪そうに言う正人に、実菜はぶんぶんと首を振る。

「そんな、気にしなくても！　お小遣いの範囲で大丈夫です！」

志保も正人もほっとした顔になる。

二人はメモを実菜に手渡し、事情を説明しはじめた。

——今の小学六年生って、しっかりしてるな。話を聞いてもらう前にお金のこともちゃんと言えて。

そんな感慨《かんがい》をいだく自分は、二十三歳なのにおっさんくさい、ような気がする。

「ホタルの集まる草……わたしも聞いたことがないですけど……こっちの、ヒントってどういうことなんでしょうね？」

実菜は『龍安寺の石庭』『落語の扇子』という文言《もんごん》を指さした。

志保が「分かりません」と自信なさげに言う。

考え込んでいた実菜は、突然顔を上げた。

「あっいけない、考え込んでたら立ち話になっちゃって。志保さんと正人君、こっちの椅子にどうぞ。お姉ちゃん、長机の端っこ、ちょっと事務所代わりに使わせて?」

花弥が「はいはい」と答える。

「探偵事務所も出張することになるやろと思ってたわ。これ飲んで」

花弥は保冷バッグから麦茶のペットボトルと、人数分のプラスチックコップを出してきた。

神苗は恐れ入ってしまった。道理で、店員は二人のはずなのに椅子が余分にあるわけだ。

志保も正人も「ありがとうございます」とお礼を言って麦茶のコップを口にした。

「僕、これくらいの年の頃、きちんと挨拶できてなかった気がします」

神苗の述懐《じゅつかい》に、花弥が「あら」と笑う。

「おじいちゃんが、挨拶はきちんとしろって言うから」

志保の言葉に花弥が「いいおじいさんやわ」と返すと、正人が「でも」と声を上げた。

「お小遣いを渡すのにわざわざ謎かけをするところは、困ります。今、俺たち忙しいのに」

「忙しいて、夏休みの宿題や遊びで？」

花弥が聞くと、正人と志保は顔を見合わせた後、首を振った。

「正人君のお母さんが退院したばかりだから、お祝いをあげたいんです。快気祝《かいき》い」

志保の言葉を受け、正人はうなずいた。

「俺が、志保ちゃんに相談したんです。どんな快気祝いがいいか」

なるほど、と神苗は合点《がてん》した。

女性、しかも母親への贈り物を何にするべきか、小学六年生の少年としては大いに迷っているのだろう。

「俺たちが贈り物のことで忙しいって、おじいちゃんも知ってるんです。だって、東京から電話した時に相談したから」

不満のやり場に困っているような口調で正人は言った。

「贈り物を探し回ってるところなの？」

実菜が聞くと、正人も志保も「そうなんです！」と声をそろえた。

「きれいな紫陽花《あじさい》の鉢植えが欲しいんです、俺たち」

と、正人は悔しそうな顔をする。

「母さんは、六月に鎌倉《かまくら》のお寺に紫陽花を見に行くのを楽しみにしてたんです。でも、入院で見に行けなくなって。退院したら紫陽花の時期は終わってて」

「それは、残念やったね……」

花弥が同情のこもった声で言った。

「私も正人君も、おばさんに紫陽花の鉢植えを買ってあげたいと思ったんですけど。夏には売ってないんですね」

「そやねえ、時期より早いもんは出回りやすいけど、時期を過ぎた花は、流通してへんことが多いわぁ。花を扱う業者としては申し訳ないけど」

「俺、おじいちゃんに電話で聞いてみました。そしたら、やっぱり難しいって。手に入っても盛《さか》りを過ぎた紫陽花ではあまりきれいじゃないって。北海道まで探しに行ったらきれいなのがあるかもしれないけど、交通費も宿泊費もすごくかかるって言われました」

――リアリストだな、おじいさん。

神苗は子どもたちが気の毒になったが、小学六年生ともなれば本当のことを教える方が良いだろうとも思う。

志保が口を尖らせる。

「おじいちゃんは言うんです。『お前たちの母さんはわしの娘だ、快気祝いならわしが商品券やら洋服やら贈るから気にするな』って。それはいいけど、そういうことじゃないんです」

言葉足らずだが、主張したい気持ちは神苗にも伝わってくる。

「正人君も志保ちゃんも、何かしてあげたいんだな」

神苗が言うと、志保は大きくうなずいた。正人が小さく「はい」と答える。

「金庫の鍵を開けたら、もう一回その件おじいさんに相談してみたら」

と言いつつ、神苗は実菜を見た。

「謎の件はまかせてください」

実菜が笑って言った。

あまりの頼もしさに神苗は、あやうく幼い口調で「うん」と言いそうになった。

「おじいさんがくれたヒントの内容ですけど、普通の『扇子』じゃなくて、『落語の扇子』になってるのが気になるんですよね」

実菜は自分のバッグから扇子を出して開いた。白地に水色の水玉模様を配した、涼しげな意匠《いしょう》であった。

「こういうのは洋服にも合わせられるような扇子で、全然落語のとは違うわけですけど……あおいでたら何か分かるかも」

実菜は呟《つぶや》きつつ、神苗をあおいだ。香水でもつけてあるのか、なぜか良い匂いがする。

「実菜さん、自分をあおがないと涼しくなりませんよ」

「あ、そうでした」

実菜は手の動きを止めた。神苗をあおいだのは無意識の動きだったようだ。

「落語の扇子……」

実菜は開いた扇子の両端を持って、ひらひらと動かした。

パチリと閉じて、「そうだ」と独りごちる。

「分かったかもしれません。ヒントの意味」

「ええっ、もう？　もう分かったんですか？」

志保が大きな声を上げ、正人が「声でかい」とたしなめる。

「『落語の扇子』『龍安寺の石庭』。このヒントは、たぶん二つで一セットです」

神苗には、実菜の言っていることが分からない。

小学生二人もそんな顔をしている。

実菜はおかまいなしに話を続けた。

「おじいさんがどんなヒントをくれたのかは分かったんですけれど、実際にお庭のどんな植物の下に鍵があるかは、行ってみないと分かりません。お邪魔してもいいですか？」

実菜の申し出に、志保も正人も勢いよくうなずいた。

＊

夏の日は長い。

終業後も空は明るく、蟬《せみ》の鳴き声もまだ続いていた。

「神苗さん、こっちですよー」

植物園の門で、実菜が手を振っている。あれから相談室の仕事もしながら考えてみたが、いまだにあのメモの意味は分からない。

「イベントおつかれさまでした！　これからは探偵事務所の時間ですよ」

実菜が小さくガッツポーズを作る。

「早く行きましょう、神苗さん。お小遣いを見つけて、京都水族館にも鉄道博物館にも行ってもらわなきゃ」

「あっ、そうですよね。京都の経済を回さないと」

「そうじゃありませんって。小学六年生の夏休みに、楽しい思い出を作らなきゃってことですっ」

力説しながらも、実菜は笑っている。

鴨川《かもがわ》べりの葉桜の緑は、夕暮れ時でもあざやかだ。

志保と正人が待っている祖父の家は植物園から徒歩十分ほどと聞いているが、もう少しだけ長くてもいいな、と神苗は思った。その分、実菜と二人で歩ける時間が増える。

前もって教えられた通りにいくつか角を曲がって、住宅街に入った。

どの家もどっしりした構えで、門やガレージの壁に防犯カメラが散見《さんけん》される、いわゆる高級住宅街だ。あちこちの塀から手入れされた庭木がのぞいている。

「鳥山さんって表札が出ている、白い塀の家……あ、あそこですね」

鳥山家の門の高さは胸までしかなく、入らずとも植物の多さがうかがえた。

松、笹、椿《つばき》らしき常緑樹、赤い花の咲くタチアオイ、白い花房《はなぶさ》がこぼれんばかりのサルスベリ、ツワブキなど。

庭石との調和も考えて作られた庭だ。植物が多い割に、整った印象が強い。

「神苗さん、この方って」

表札の「鳥山勝助《かつすけ》」という氏名を見つめながら、実菜はささやいた。

「知ってる人ですか？　実菜さん」

「直接知ってるわけじゃないですけど、不動産業でちょっと有名な方です。モダンなデザインの雑居ビルや別荘を持ってたりして」

「なんで知ってるんですか？　違う業界なのに」

「京都は狭いですから」

と言われれば、確かにそうだと思う。神苗自身、植物園で定期的に行われる見学会で「広報部の若い人」として常連に顔を覚えられ、四条河原町《しじょうかわらまち》あたりの繁華街で声をかけられたことがある。

「中に入って、確認したいです。植えてある植物を」

実菜が呟いた。

もう目星はついているのだろうな、と思いつつ神苗はインターホンを押した。

『はい？』

聞こえてきたのは、落ち着いた初老の男性の声だった。

「府立植物園から参りました、神苗です」

「なごみ植物店の和久井です」

『おお、孫から聞いております。少々お待ちください』

やがて玄関が開いて、白髪に着流しの似合う男性が出てきた。その後ろに、志保と正人もいる。

「お若い助っ人やなあ」

実菜と神苗を見比べながら、鳥山は門を開けてくれた。

「見事なお庭ですね」

世辞《せじ》抜きで、神苗は言った。

「それにサルスベリの花、すごくたっぷりしてますね。栄養も剪定《せんてい》もちゃんとしてもらってるのが分かります」

と、実菜はサルスベリの樹に見惚《みと》れている。

「思いつくまんまに、植木屋に頼んだだけですわ。どうぞ、見ておくれやす。鍵は間違いなく、どこかには埋まってますので」

鳥山にすすめられるままに、神苗も実菜も庭を歩いた。その様子を、志保と正人が見守っている。

「実菜さん、これじゃないですか?」

庭石のそばに生えている、ぎざぎざした柔らかそうな葉を神苗は指さした。

「神苗さん、これは……」

「ホタルブクロです。もう花は咲いてないけど、実菜さんが以前白いトルコキキョウと一緒にアレンジメントを作ってたから、葉を覚えてました」

我ながら得意げな口調になってしまった。

ホタルブクロは吊り鐘《がね》型の花で、中にはホタルが入れるほどの細長い空洞がある。一株にいくつもそんな形の花が咲くので、「ホタルの集まる草」には該当《がいとう》するはずだ。

　実菜は、神苗を見上げてほほえんだ。顔が少し赤いようだ。

「神苗さん」

「正解ですかっ？」

「覚えててくださったのは嬉しいし、ヒントの存在さえなければわたしもそう考えたと思うんですけど……たぶん、違います」

「え」

　神苗は肩を落とした。

　鳥山が、

「わしはそんなに分かりやすい問題は出さへん」

と断言する。

「おじいちゃん、どこまでひねるんだよ」

　正人が呆《あき》れたように言った。

「孫とゆっくり会えるのは年に一、二回やで。趣向凝《しゅこうこ》らして何が悪いねん」

「無駄だよ正人君、おじいちゃんもう開き直ってる」

　志保が大人びた口調で言った。

　実菜は小さなメモ帳に何事か書きこんで、すぐに折りたたんだ。

「鳥山さん」

「何ですやろ？」

「もしかして正解はこれじゃありませんか？」

実菜に手渡されたメモ用紙を、鳥山は袖《そで》で隠しながら見た。

「お、おお！」

メモ用紙を、袂《たもと》にぽいと放りこむ。

「こら驚いたわ。合《お》うとる」

「教えて！　お姉さん」

志保が声を上げて実菜を見る。

「いいですか？　鳥山さん」

「あかん」

鳥山は頑固に首を振った。

「植物園で協力者を探してきたのはえらい。が、志保も正人も、自分の頭を働かせておらん。植物園の職員さんですら、自分なりの答えを出さはったんやで？」

正解にはたどり着けなかったので、神苗は恐縮してしまう。

「探偵さん。答えをそのまんま教えるんとちごて、詳しいヒントを出してくれへんかな。孫たち自身がわしの作った問題に頭をひねってくれな、おもろないねん」

――さびしんぼうか、このお祖父さんは。

神苗は内心で突っ込んだ。もっとも、孫を持ったら自分もそんな風に考えるのかもしれない。

「詳しいヒントですね。なんだか、塾の先生になったみたいです」

実菜はいそいそと、バッグから扇子を出した。水玉模様のあの扇子だ。

パラリと広げて、恥ずかしそうに言う。

「初めて真似するんです。笑わないでくださいね？」

実菜は開いた扇子の両端を持ち、要《かなめ》を自分の胸元に向けた。

「まずこうやって、大きな平たい盃《さかずき》でお酒を飲む真似」

実菜は扇の要を口元に持っていき、何かを飲み干すように仰向《あおむ》いた。

「落語での扇の使い方の一つです。次は、おそばをすする場面」

扇子が閉じられる。

左手はどんぶりを持っているような形にして、右手は閉じた扇子を上下させる。

言葉の通り、そばをすする仕草《しぐさ》だ。

「他にも色々、キセルを吸ったり、筆を使ったりする場面で扇子を使います。どんな共通点があるか、言ってみてもらえます？」

正人が「当たってるかどうか分からないけど」と手を挙げた。

「はい、正人君どうぞ」

実菜が塾の先生のような調子で言った。

「扇子が、扇子じゃない物に化けてる？」

「そう、それです！」

実菜が声を弾《はず》ませる。鳥山は口の端をかすかに上げて笑っている。実菜のヒントの出し方は、適切なようだ。

「こういう、何かを別の物として扱うやり方を『見立て』といいます」

「そうや。茶道でも大事な考え方やで。たとえば西洋のボンボンの容器を茶入れにすんねん」

鳥山が言い添えた。

「じゃあ次に、志保ちゃん」

実菜は志保の方を向く。

「もう一つのヒント、『龍安寺の石庭』には行ったことがありますか？」

「あります。去年、おじいちゃんも正人君も一緒に」

「じゃあ、龍安寺の石庭にも『見立て』が使われてるのは分かりますか？」

志保はちょっと考えてから答えた。

「分かります。白い砂に模様をつけて、水を表してる！」

「正解やで」

鳥山が嬉しげに言った。孫を連れて行ったことがあるからこそ、ヒントに書き入れたのだろう。

「わしが二つのヒントを書いたのはな、この『見立て』という物の見方を意識してほしかったからや。その『見立て』の技を使って、『ホタルの集まる草』を探してほしいんや」

神苗は庭を見回した。

見立ての技を使って探すとは、どういうことか。

「ホタルでない物がホタルになってる草……を探せばいいのか？」

正人が独り言を言いつつ、庭を歩きだす。

志保は、正人とは別の位置から庭を回りはじめた。

――そうか。僕が答えたホタルブクロは、ホタルが花の空洞に入りそう、という空想から命名されたから、見立てとは少し違うわけだ。

神苗は、学生時代に友人たちと行った鞍馬山《くらまやま》を思い出した。生《お》い茂《しげ》る木々。暗闇に舞い飛ぶ、黄緑色の光点の群れ。まるで別世界へ連れて行かれたような眺めであった。

「ちょっと暗くなってきましたね」

実菜が呟いた。

なぜか門の方へ戻っていく実菜に、神苗もなんとなくついていく。

『ホタルの集まる草』はここから見られますよ、神苗さん」

実菜は小声で言いながら庭を振り返った。

神苗も、後ろを振り返る。庭のほぼ全体を見渡せる位置だ。

「どれなんですか？」

夕闇の迫る庭に、鳥山が腕組みをして立っている。

正人と志保が、それぞれ足もとを見回しながらゆっくりと歩いている。

——そろそろ見つけないと、夜になる……。

しばし庭を眺めていた神苗は、「お」と声を出してしまった。

鞍馬山で見たあの光景、舞い飛ぶ光点が見える。もちろん、本物ではないけれど。

実菜が無言で、にっこりと笑ってこちらを見た。

「あれが、正解ですか？」

神苗はそれしか言わなかったが、実菜はうなずいた。神苗が何を見て「お」と言ったのか、ちゃんと分かったのだろう。

それは丸い葉のつやつやとしたツワブキだ。

大きな庭石を縁取《ふちど》るように、二種類が生えている。

葉全体が濃い緑色のもの。

そしてもう一つ、黄色い円《まる》い斑《まだら》がいくつも入っているもの。緑のにじんだ円い斑は、まるで闇に飛ぶホタルのようだった。

右から正人が、左からは、志保が。庭石に近づく。

ちょうど斑入りのツワブキの前で立ち止まった二人は、「うん」「うん」と言葉を交わし合った。

「これだ！」

二人の声がぴったりそろう。

「よっしゃ、正解やで！」

快哉《かいさい》を叫びながら鳥山が拍手をして、神苗はほっとした。実菜を見ればにこにこしている。

「ほれ、黄色い斑《ふ》がホタルみたいやろ。大きい斑と小さい斑があるから、遠近感も出とる。じっと見てると、蛍のおる森に迷い込んだような気持ちになっておもろいねん。これが見立てやで」

「今までぜんぜん気づかなかった。言われたら、『ホタルだ』って思うのに」

正人が狐につままれたような声音で言う。

「うん、そういうもんやで」

鳥山は庭の隅の物置へ行き、小さなスコップを一本持ってきた。

「根っこが傷《いた》んだらあかんし、そう深いところには埋めてへん。鍵、掘り出しや」

「うん！」

志保は駆け寄ってスコップを受け取り、

「正人君、家から手提げ金庫持ってきて」

と、正人を振り返って指図《さしず》した。

「え、もう俺触っていいの。志保ちゃん、自分が持つって言ってたのに」

意外そうに正人は言った。接触を禁じられていたらしい。

「鍵のありかが分かったんだもん。もう、庭の敷石に落っことそうとしたり、鍵穴に爪楊枝《つまようじ》を突っ込んだり、無茶しないでしょ？」

「しないよ！」

「正人、そんな無茶しよったんか」

鳥山が呆れ声で言った。

正人は「もうやらないっ」と言い捨てて屋敷内に戻っていく。

神苗はようやく、志保が正人に金庫を持たせなかった理由に気がついた。

金庫を破壊してお小遣いを取り出しても、祖父は喜ばないからだ。

もっとも、正人の試みで金庫が開いたとは思えないが。

「やっと、いつもの正人君になってきた」

やれやれ、という調子で志保は言い、斑入りのツワブキが生えているあたりを掘りはじめた。

「なあに？　いつもと様子が違ったの？」

実菜がそばへ寄っていくと、志保は「ぜんぜん、段違い」と答えた。

「態度が固かったんですよー。夏休みに入るちょっと前、他の男子に『お前ら、いとこ同士でくっつくんだろ』ってからかわれてから」

「男子って、そういう野次とばすよね」

「小学校も学年も一緒で家も近いから、よけいに言われるんだと思います」

「志保ちゃんは別に、彼氏彼女になりたいわけじゃないんだ？」

「そういうんじゃないです」

ざく、ざく、ざく。

志保の冷静さを表すかのように、掘り進める音は静かだ。

——別にカップルじゃなかったんだな。

神苗はひそかに反省した。

自分の想像は、正人をからかった男子と同じレベルだったわけだ。

「持ってきたよ！」

正人が手提げ金庫を持って出てきた。

志保は返事をする代わりに、掘り出した鍵を高々と掲《かか》げた。

開いた金庫には、厚く膨《ふく》らんだぽち袋が二つ入っていた。他にはもう一枚、新しく京都の山奥に造るという別荘の設計図。

「できあがったら一番に、お前たちを招待するで」

という宣言に、正人と志保は拳《こぶし》を突き上げた。

「やったね」

「やったぜ」

志保と正人は拳をガツガツとぶつけ合い、健闘を讃《たた》え合っている。こちらの方がいつもの調子なのだろう。

ひとしきり喜び合った二人は、改まった口調で「おじいちゃん」と言った。

「何や？」

「うちの母さんへの快気祝い、やっぱりあげたい。おじいちゃんがあげるのとは別で」

「私もおばさんにあげたい。おばさん、鎌倉の紫陽花を楽しみにしてたって正人君から聞いてるもん」

「うん、そうか……。幸せもんやな、うちの娘は」

鳥山は相好《そうごう》を崩した。

「俺、咲いてる紫陽花を探すよ。おじいちゃんがくれたこのお小遣いで、紫陽花の鉢植えを探して買う」

「ああ、いや、仮に金を使っても難しいんや。夏に紫陽花を咲かせるには、ずっと前から準備せんならん」

落胆する正人の肩に、鳥山は手を置いた。

「それよりもな。今日のこと、プレゼントに使えると思わへんか？」

正人は「今日の……」と呟きながら庭を見回した。

「分かった、見立ての技を使うってことだろ？　紫陽花でないものを紫陽花に見立てて、母さんに贈る！」

「そおーうや」

鳥山は、「そ」と「う」の間を長く伸ばして孫を讃えた。

「喜んでくれると思うで？　ましてや、息子や姪からの贈り物や」

満足げに笑い、ポンポンと正人の肩をたたく。

「えーと、何かを紫陽花に見立てる？　何がいいだろ」

正人は目をつぶり、口をへの字に曲げた。考えこんでいるようだ。

「そうだ、思いついたっ」

志保が声を上げた。

「おお、早いな志保。どんなんや？」

「水色と青紫の金平糖《こんぺいとう》を買ってね、透明な袋に詰めて丸く整えるの。そうしたら青っぽい紫陽花に見えるでしょう？」

——なるほど。金平糖を紫陽花に見立てるのか。

偏見かもしれないが、さすが女の子は花やお菓子に詳しい……と、神苗は感心してしまう。

「おお、ええやないか」

鳥山が顔をほころばせ、実菜も「きっと可愛く仕上がるね」と志保を元気づける。

「うーん、じゃあ、俺は」

正人は腕組みをして、うなった。

「そうだ、水晶なんかを売ってる石屋さんに行く。紫水晶と紅水晶の欠片《かけら》を丸い透明な容器に入れれば、赤紫っぽい紫陽花に見えるはず」

「それもええなあ」

「うん、正人君の案もいい」

　鳥山と志保が褒《ほ》める。

「石屋さんなら新京極《しんきょうごく》通にあるよ」

　実菜が教えると、正人は「うっす」と照れくさそうに礼を言った。

「お孫さん二人とも、『見立て』を習得しましたね」

　神苗が言うと、鳥山は「探偵さんと助手さんのおかげで」と笑った。

「ほれ、お前たちもお礼言いや」

「ありがとうございます！」

　と声をそろえる孫たちの晴れやかな顔は、やはりいとこ同士らしくよく似ている。

「あの、お礼ですけど、今日はもう遅いから明日買いに行ってもいいですか？」

　志保が実菜に聞いた。もう晩ご飯の時間なのだから無理もない。

「何や、植物の探偵さんて、お礼はお金とちゃうんか？」

　鳥山が不思議そうに言う。

「そうなんです。探偵料の代わりに、なごみ植物店で買い物をしていただくことになっているんです」

神苗はすかさず口を挟んだ。

ここは助手が謝礼について交渉し、役に立たねば……という思いからだ。

「しかし、明日西陣《にしじん》までお孫さんたちに来ていただくとなると、貴重な京都での夏休みを一時間かそこら削ってしまうので、心苦しいのですが……」

「そうやなあ。二人とも、小遣いで行きたいとこあるやろし」

腕組みした鳥山は、「そうや」と声を上げた。

「孫が東京に帰ってから、わしが買いに行かせてもらうわ。植木の一本か二本、この機会に増やすのもええやろ」

「ありがとうございます！　そこまで言っていただけるなんて」

実菜が感激したように言った。

鳥山がぱちぱちと瞬《まばた》きする。

「なんや、探偵さん、子どもの小遣い程度のお金で働くつもりやったんか。これからも助手がサポートしたらなあかんな」

にやり、と笑って神苗を見る。

――ばれてたかな。お祖父さんに買ってもらう方が儲《もう》かると思ったの。

鳥山みずから探偵料の支払いを申し出るよう誘導したのだが、見え見えだったかもしれない。

「お姉さん、おすすめの場所教えて。お土産買うとことか」

志保が実菜にねだった。

「いいよー。正人君と行くの？」

「ううん、別行動、別行動」

あっさりと志保は言う。その割に正人の態度の変化には敏感だったあたり、女の子は謎だ——と神苗は思う。


良ければ夕食を一緒に、という鳥山の誘いを丁重《ていちょう》に断って、神苗と実菜は鴨川べりに出た。さすがにあたりは暗くなって、葉桜の並木も黒々としている。

「植物の葉に入っている斑《ふ》は、本来は不良細胞なんですよ」

実菜は暗い鴨川の流れを眺めながら言った。

「葉緑素がなくて光合成ができないから、ですか」

「そうです。葉緑素がない細胞だから、斑は白や黄色に見えます。欧米諸国では病気として敬遠される場合が多いらしいですけど、日本では江戸時代の後期から、珍品として愛されるようになったみたいです」

「鳥山さんは、円い斑入りのツワブキを愛《め》でていたからこそ『ホタルだ』と思ったんですね。その見立てを、お孫さん二人と共有したかった」

気持ちは分かるような気がする。

「ああいうツワブキの斑を好む人たちは、多いんです。『蛍斑《ほたるふ》』っていう名前がついているくらいで」

「へえ……やっぱり蛍に似てますもんね」

「でも、蛍斑ができた原因はウィルスっていう説が有力です。病気なんだけど、人間の目が蛍に見立てて愛でているんです」

「ああ……。ツワブキからしたらいい迷惑かもしれないですね」

「もしツワブキがしゃべれるなら『これ以上、蛍斑の株を増やすな』って怒るかも」

突拍子《とっぴょうし》もない実菜の空想に、神苗は「ふっ」と噴き出してしまった。

「え、変なこと言いました、わたし？」

「いえ」

神苗は真面目な顔で咳払《せきばら》いしてみせる。

「やっぱり変だと思われてる」

実菜は一瞬だけ、困ったような笑みをひらめかせた。

「神苗さん」

「何です？」

「今日は料金の交渉で助けられちゃいました」

実菜は歩きながら手を差し出してきた。

「どういたしまして」

握手してから一瞬躊躇《ためら》って、神苗は実菜の手を離した。本当は、手をつないで歩きたいのだが。

「素直が一番ですよね」

「え？」

心を見透《みす》かされたような気がして、神苗は立ち止まりかけた。

「正人君の話です。自分がしたいようにすればいいのに」

実菜はそれだけ言って、「お姉ちゃんがそうめん作って待ってますよ」と話題を変えてしまう。

「その話ですけど、ミントを添えるのはやめましょうよ」

「添えます。庭で育ててるのがたっぷりありますから」

「ネギとショウガだけでいいじゃないですか」

「ミョウガとシソも、きっとありますよ。だから、さらにミントも」

「よしましょう、よしましょう」

たわいのない話も、それはそれで快《こころよ》い。

あたたかな夜風が吹いて、街灯を映した川面《かわも》が波立つ。
手をつなごうと思った気持ちは、しばらくそのままで取っておこう、と思う。

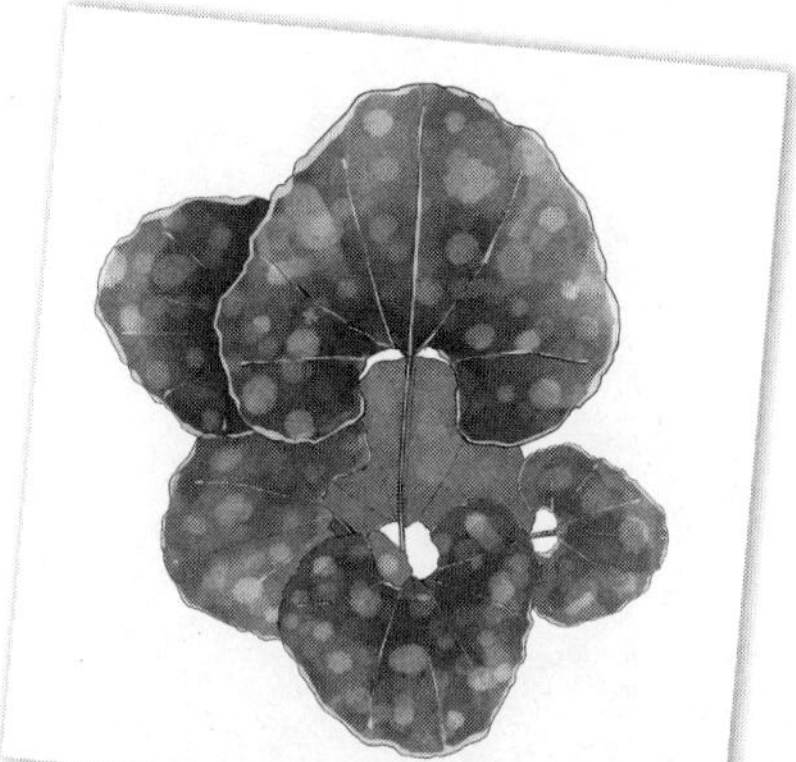

ツワブキ（蛍斑入り）

第六話　桜に秘める

油照《あぶらで》りと呼ばれる京都の夏の日差しも、九月に入れば和《やわ》らいでくる。人の営《いとな》みも、秋へと移る。九月九日の重陽《ちょうよう》の節句には菊花を用いた神事があちこちの寺社で行われ、それから先はもう秋だとばかりに、観月《かんげつ》茶会や萩《はぎ》の花を愛《め》でる祭りが開かれる。

京都府立植物園では、遠足でやってくる地元の中学生の姿が目立ちはじめた。コピーを取りながら窓の外を見下ろすと、制服姿の少年少女がぞろぞろと固まって歩いている。実菜や自分も数年前まであれくらいの年頃だったのだと思うと、神《かみ》苗《なえ》は不思議な心持ちになる。

「おっそろしいでえ、神苗君。最初は弟妹くらいの年頃やと思ってた中学生が、あっという間に甥っ子か姪っ子くらいの年齢になってくんねん」

コーヒーの入ったカップを片手に、鳴沢《なるさわ》が言った。

「あっという間って言いますけど、鳴沢さん十年目でしたよね」

「梅が咲いた桜が咲いた言うて草木と一緒に季節を過ごしてたら、十年なんてすぐやで」

首をふりふり、鳴沢は自席に戻っていく。

初夏から編纂《へんさん》が始まったガイドブック『府立植物園で探す　源氏物語の植物』の作業はあらかた終わったので、広報部全体に安穏《あんのん》とした空気が漂《ただよ》っている。

「すみません。植物のことでお聞きしたいんですけれど」

ドアをノックして広報部に入ってきたのは、三十代初め頃の女性だった。

薄い色のセーターにジーンズという動きやすそうな服装に、首に巻いた薄紫のショールが華を添えている。

「はい、どんな植物についてでしょうか?」

神苗が席を立って応接テーブルに案内しても、上司たちは何も口出しをしない。職員となって五ヶ月あまり、ようやく「ひとまず任せて問題なし」という扱いになってきたようだ。

「桜を使った染め物……つまり、桜染めについて知りたいんですけど」

椅子に腰を下ろしたその女性は、桜色に染めた和紙製の名刺を出した。

草木染め　野と森工房
野森紫乃《のもりしの》

住所を見れば、京都御所《ごしょ》の近くだ。

「市内で染め物をやってらっしゃるんですね」

「染色工房やってるもんが染め物について質問するなんて、ほんまお恥ずかしいんですけど」

「いえいえ。桜染めっていうと、桜の花や種じゃなくて、枝や樹皮を使って染めるんですよね？」

「あら」

紫乃は顔をほころばせた。

「よう知ってはりますねえ。桜の花で桜色を染める、と思うてはる方が多いんですけれど」

「学生時代の友だちが、芸大で染め物をやっていたので……。それに中学の頃、国語の教科書か参考書に載ってました。染色家の先生が出てくる随筆《ずいひつ》」

「ああ、志村《しむら》ふくみ先生のお話。私の年代でも、教科書に載ってましたよ」

「ありましたよね。桜から桜色を染めるには、あの黒くてごつごつした樹皮を使うと知ってびっくりしました。花が咲く直前の樹皮に桜色がぎゅっと詰まってるっていう話も面白かったです」

「ええ。桜から桜色を出すことは可能です。でも」

紫乃は軽く身を乗り出した。

「どうやら、桜色よりももっと濃くてあたたかい、茜《あかね》色も出せるらしいんです」

「茜色……」

どんな色だったか思い浮かべてみる。アカネという草の根から採れる染料で、夕焼けの形容によく使われる色だ。アキアカネというトンボもいる。

「けっこう濃いめの赤ですよね」

桜色にはほど遠い色だ。

「ええ。私は今、茜色を生み出す桜を探してるんです」

——探しているとなれば、実菜《みな》さんの出番かな。

頭の片隅で、実菜の仕事を思う。園芸の専門学校を卒業して姉の経営するなごみ植物店で働いているが、実菜が最終的に目指しているのは両親のようなプラントハンターだ。

珍しい植物を求めて海外にも出ていく仕事だが、国内での探索も重要だろう、と思う。

「僕はよく知らないので確認したいんですが、普通は桜で茜色は染められないんですよね？」

「そうです。うちの場合、茜色を染めるなら輸入したインドアカネを使うんですけども……ついこの間、桜で染めたらしき茜色の布が出てきたのです。先月亡くなった父の遺品から」

小さく、あっ、という形に神苗は口を開けた。こういう時は変に凝《こ》った表現よりも、型通りの言葉で労《いたわ》りを伝える方が良い。

「ご愁傷《しゅうしょう》様です。お父様を亡くされたばかりだったんですね」

「ええ。私よりも母の方が心配です……」

言葉を切って、紫乃は窓の外の木々を眺める。

「植物園では、何百種類もの桜を育てておられますよね？」

「はい、北山門の近くで」

「それらの桜を剪定《せんてい》した際に、染色をしてみたり、あるいは染色家に譲られた記録はないでしょうか？　もしそういうことがあれば、茜色も出たかもしれない、と考えてるところなんです」

「あ、それはたぶんないですわ。申し訳ないですが」

自席でパソコンに向かっていた鳴沢が、こちらに顔を向けて言った。

「ご存じかもしれまへんけど、桜の樹は色々な菌にやられやすいんで、剪定はめったにしまへんねやわ。もしやったとしても、染め物ができるほどの枝は出てないはずです」

「そうですか……桜切る馬鹿、梅切らぬ馬鹿、って諺《ことわざ》もありますものね」

紫乃は寂しそうに笑った。

「もしそういった記録がなくても、植物園なら何か手がかりを知ってはるんやないかと思って、伺《うかが》ったんですけれど……ご迷惑やなかったですか？」

「迷惑やなんて、何をおっしゃいますやら。珍しい植物を探しておられるなら、植物園の取引先に一件、心当たりがありますよ。神苗君、紹介したげてや」

と、鳴沢が神苗に水を向ける。

「取引先て、どんなとこですやろ？」

「西陣《にしじん》にある、なごみ植物店という花屋です。店長の妹さんが、植物の探偵をしておられます」

「探偵……ですか？」

紫乃は、難解なパズルでも解いているような顔つきで聞き返した。

「探偵というと、逃げたペットの捜索とか、浮気調査とかが得意、というイメージなんやけど」

――あっ、そっちか！

フィクションではなく現実の探偵は、確かにそちらが生業《なりわい》だろう。

「いえいえ、植物についての謎を解いたり、何らかの植物を探したり、です。なごみ植物店の妹さんがしているのは」

「ああ……そう、ですよね。植物の話やし。ごめんなさい」

「いえ、とんでもない」

「浮気調査は別口で探さな」

ぼそっと漏らした呟《つぶや》きは、あまり穏やかな内容ではない。

「ほな、茜色を秘めた桜の探索は、おいくらで頼めるんでしょ？」

紫乃は笑顔で話題を変えた。

神苗も、浮気云々《うんぬん》は忘れることにする。

「決まった金額はないんです。依頼を成功させた場合、お好きな金額でなごみ植物店でお買い物をしていただく、という形式です」

紫乃はまた、パズルを解いているような顔になる。

「余計なお世話やけど、安い花一本だけ買《こ》うて済ませる人がおったら困りますやろ？」

「僕も思います」

つい真顔で答えてしまう。

「でも、実際は皆さん、その人の暮らしに見合った商品を買ってくれるみたいです。カフェの店長は店内に飾る活け花を注文してくれましたし、庭を持っておられる方は植木を二本注文してくれました」

「ああ、良かった」

紫乃は胸に手を当てて言った。

「私も、突然亡くなった父の工房を継いで商売してるもんやから。他人事とは思えずに気になってしもて」

「探偵事務所の母体はあくまでなごみ植物店だから、あまり気にしなくて大丈夫……なんだと思います」

「そやねえ、自家焙煎《じかばいせん》したコーヒー豆を売ってる店が、コーヒーのテイクアウトも安くやってはるようなもんやわ」

「近いです、たぶん」

初対面の人間が相手でも金勘定や商売の話がするすると続くのは、東京ではあまりないかもしれない。もっとも、十八歳までしかいなかった土地ではあるが。

「ほな、工房で染めに使えそうな草花を注文させてもらいます。なにとぞ、よろしくお願いします」

紫乃は丁寧に頭を下げた。

その場で神苗がなごみ植物店に電話すると、実菜が出た。

『茜色を秘めた桜？　探しますっ！　わたしに探させてくださいっ』

それはどっちかと言えば僕じゃなくて依頼人に言う言葉でしょう、と職場から突っ込むのもなんなので、神苗は「はいはい」と受け流した。

『すぐにでも着手したいですっ。先方さんの都合さえ良ければ、お店が終わった直後でも！　お姉ちゃーん、閉店後に事務所使っていい？』

花弥《かや》の『どーぞー、気張《きば》りやー』という声がこちらにまで聞こえてくる。

短い打ち合わせの末、閉店直後のなごみ植物店で実菜、花弥、神苗が話を聞くことになった。

電話を切る前に実菜は「今夜は梨とエリンギと鶏ささみをバターで炒め煮にしますよっ」と言いだした。

「はい、その件についてもよろしくお願いいたします」

まるっきり仕事のような受け答えをして、通話を終えた。実菜の作る料理は組み合わせこそ奇妙だが、食べてみるとそれなりにうまい場合もあるのだった。

＊

午後七時過ぎ、なごみ植物店を訪れた紫乃は角張った風呂敷包みを抱えていた。

「父が染めた桜染めです。見ていただいた方が話が早いと思って」

事務所のテーブルに置かれた風呂敷包みに、一同が注目する。

「本当はもっと多いんですけれど、全部は運びきれへんから、一部だけ」

風呂敷の結び目が解かれると、蓋《ふた》付きの平たい木箱がいくつか重なっていた。

一番上に載っているのは、蓋に墨で「三十九」と書かれた木箱だ。

「これは一部ですよね。全部で、いくつあるんですか？」

実菜が箱を見つめながら聞いた。

「工房に百箱以上あります」

「すごい。一年に何種類も桜染めをしたんですよね？　お父様はいつから始められたんですか？」

「箱に入れて整理しはじめたのは、父の宏一《こういち》が二十代で結婚した時からです。母が『さくら』という名前なので、色んな桜染めを見せてやりたい、と」

「愛情をこめてはったんですね」

花弥が言うと、紫乃は複雑そうな笑みを見せた。

「私も、そうやと思ってたんですけど……今は、よう分かりません」

――どういう意味ですか？

神苗は質問を呑み込んだ。そこまで立ち入るのは憚《はばか》られたし、紫乃が『三十九』と書かれた木箱を開けたからだ。

「わぁ、ソメイヨシノ……」

優しい光沢を帯びた桜色の布を見て、実菜が呟いた。

「ソメイヨシノの花びらの、色が濃い部分を集めたみたい」

「そう。これはソメイヨシノの花びらの、色が濃い部分を集めたみたい」


「そう。これはソメイヨシノを染材にして染めた絹織物です。父の書き残した仕事の記録簿によれば、同じ染材で襦袢《じゅばん》やストールを染めたそうです」

紫乃が木箱の蓋を裏返してみせた。墨で黒々と「京都市山科《やましな》区　ソメイヨシノミ絹」とある。

「この、ミという一文字は何ですか？」

実菜が尋ねた。

「媒染剤《ばいせんざい》にミョウバンを使った、という意味です。記録簿にはちゃんと書いてあるんですけど、父は横着《おうちゃく》できるところは横着する人やったから」

媒染剤とは、染料と繊維を結びつける薬剤のことだ。媒染剤を色々と変えることで染め物の色に変化をつけられる、と神苗は学生時代に聞いた覚えがある。

「こちらは黄色っぽく染まった桜染めです。工房でストールなどを染めた、と記録簿にあります」

紫乃が『四十』と書かれた箱を開ける。

よく実った稲に夕暮れの光が当たっているような、赤みの強い黄色だ。

蓋を裏返すと、「群馬県　山桜　ミ絹」とある。

「四十一番は、赤茶色。これは帯などを染めたそうです」

『四十二』の箱が開く。干しぶどうによく似た、赤紫を帯びた茶色い絹織物が入っていた。蓋の裏には「京都市　右京区　山桜　ミ絹」とある。

「草木染めの色って、あったかいんやねえ」

花弥が言うと、実菜がこくんこくんと首を振った。

「化学染料で染めるのがビームなら、草木染めは間接照明だと思う」

実菜のたとえは独特だが、言いたいことは神苗にも分かる。

紫乃も同様らしく、テーブルに並ぶ桜染めをいとおしげに見つめている。

「そうですねえ。小さい頃から身近にあるからなかなか気づかへんかったけど、天然自然の草木で染めた色は、人の目をなごませると思いますよ」

「同じ桜染めと言っても、色味には幅があるんですね。黄色、桜色、赤茶色、と」

神苗が言うと、紫乃は最後の箱を手に取った。

蓋には、『三十九の二　茜色の桜』とある。

「その幅を逸脱《いつだつ》しているのが、この『茜色の桜』です」

「この箱だけ、番号の振り方が違いますね」

神苗が確認する。

「名前までつけてはりますね」

花弥が箱の蓋を注視する。

実菜は無言で手と手を組み合わせ、お預《あず》けを食う猫のような顔をしている。

カタ、と音を立てて箱の蓋が開く。

現れた茜色の布を見て、夕焼けにたなびく雲だ、と神苗は思った。

「明るうて、あったかいけど華やかで。濃い桃色のサンゴ玉みたいやわ」

花弥が感嘆する。

「お日様を浴びたさくらんぼみたい……！」

実菜が陶然《とうぜん》とする。

「この布だけ明るさが違いますね？　まるでポカポカあったかく発光してるような」

我ながら稚拙《ちせつ》な感想だと神苗は思ったが、紫乃は力強く「ええ」と応えた。

「素晴らしい茜色やと思います。桜染めによくある茶色っぽさがない」

紫乃が茜色の絹布を手に取って広げた。その様子はまさに、たなびく夕焼け雲だ。

「父の書き残した記録簿に、この『三十九の二　茜色の桜』は載っていません。母も私も、遺品を整理するまでこの箱の存在を知りませんでした」

紫乃の話を聞きながら、実菜はうっとりとした視線で茜色を愛でている。

「工房を継いだ私でも、桜でこんなに明るく濃い赤になるなんて考えられないです。桜でここまであざやかな赤を、茜色を染められるなら、どうして父は教えてくれへんかったのか……」

「蓋の裏は、何と書いてあるんですか?」

神苗は勢い込んで聞いた。大事な手がかりがそこにあるのではないか。

「驚かせてしまうかもしれません。母はこれを見て、落ち込んでしもて」

と、紫乃の声が急に弱々しくなる。

うつむき加減になりながら、そっと箱の蓋を裏返す。

信じている。
大原のミツコの山桜　ミ
国産の絹糸を使用　西陣に織りを依頼

「信じている……?『大原のミツコ』という人を?」

神苗は、暗号を読んでいるような気分になった。「ミ」はこれまで通りミョウバンの「ミ」であろう。貴重な国産の絹糸を染めてから、織物の町である西陣の職人に織ってもらったのだろう。

そこまでは推測できるが、「大原のミツコ」とは何者なのか。「信じている」とは紫乃の父とのどういう結びつきを示しているのか。

「父親を疑ってはいけない、とは思うのですけど」

紫乃が蓋をテーブルに置いた。

「私は、ミツコという女性が父と恋愛関係にあったのではないかと思っています。そうでなければ『信じている』なんて言葉は出てきません。私と母に隠していたのも怪しいです」

「つかぬことをお聞きしますが」

言いづらいなあ、と思いつつ神苗は聞いた。その気持ちを察したかのように、紫乃は穏やかな視線を返してきた。

「この『三十九の二』が染められた時期は、いつなんでしょうか」

「父と母が結婚し、私が生まれた後です。三十九番と四十番が染められた日を記録簿で調べると、私が小学生の頃でしたから」

――なんてことだ。

植物園を訪れた時、浮気調査という文言《もんごん》にこだわっていたのはこういうわけか。父から母への愛情が分からないと先ほど漏らしたのも。

人の家庭の昏《くら》さに踏み込んでしまった気がして、神苗は二の句が継げなくなる。

「じゃあ、謎は三つあるわけですね」

実菜がはっきりした口調で言った。

「一つ目の謎、『茜色の桜』と名付けられた布はどんな桜で染めたのか。二つ目の謎、紫乃さんのお父さんはなぜ布の存在を隠していたのか。三つ目の謎、大原のミツコさんとは何者なのか」

言い終えてから、直線的な眉《まゆ》をりりしく上げて紫乃を見る。

「さくらという名の奥さんのために百回以上も桜染めをする人が、浮気をするとは思えません」

――あっ、そんな人の家の事情に踏み込むような言葉を。

神苗はひやひやした。が、紫乃の口元にはじわじわと笑みが広がっている。

「わたしも園芸の専門学校で桜染めをしたことがあるから、分かります。染めは、肉体労働ですよね？」

紫乃は笑顔でうなずいた。

「言われてみれば、そうやねえ……。あんまりよその父親と比べたことなかったんやけど、妻のために百回以上桜染めって……」

「愛やね」

花弥が短くコメントすると、紫乃は「ふっ」と噴き出した。

「分かりました。父を疑うのはひとまず、やめときます」

「そうですよーっ」

語尾を跳ね上げて実菜が言う。

しかし神苗は「これだけ元気づけておいて本当に浮気だったらどうするんだ」と気が気でない。

「西陣で織ってもらわはったなら、何か手がかりが見つかるんちゃう？」

花弥が席を立ちながら言った。

隅に設置されたミニキッチンに立ち、茶を淹《い》れる準備を始める。

「紫乃さんも京都の人なら分かると思いますけど、西陣は分業制が進んでますやん？　そこへいきなり糸を持ち込んで織りを依頼したんやから、懇意《こんい》にしてはった織物職人さんやと思いますよ」

「あっ」

意表を突かれた様子で、紫乃が腰を浮かせた。

「そういや、うちには西陣織の帯があるんです。父が四十代くらいの頃に職人さんに頼んで誂《あつら》えたのが」

――うわ、高そう。オーダーメイドか。

と神苗は思ったが、今問題になっているのはそこではない。

「ばっちしですやん。たぶんそこに織りを頼まはったんやと思いますよ？」

「母に聞いてみます！」

紫乃は携帯電話を出した。

「もしもし、お母さん、紫乃です。……うん、今、用事で市内にいるとこ。お父さんの誂えはった帯、あるやろ？　どこでしてもろたん？　ちょっと気になって」

花弥の淹れた煎茶《せんちゃ》と煎餅《せんべい》がテーブルに並びはじめる。

紫乃は「うん、うん、ありがと！　うん、もうちょっとしたら帰るから！」と電話を切った。

「西陣で、まだ営業してはるそうです。父が懇意にしてた織屋さん」

紫乃の報告に、実菜も、花弥も、神苗もほうっと息をついた。

三つの謎を解く糸口がとりあえず見つかった、安堵《あんど》の吐息であった。

＊

翌日。昼休憩で園外のカフェに入ると、実菜からショートメッセージが届いた。

神苗さん、おつかれさまです！

紫乃さんのお父さんが懇意にしていた織屋さんに行ってきました！

ランチセットを注文して、さっそく「どうでした？」と返信する。

当時のことを職人さんが覚えておられました。

宏一さん、「思ってもみなかったいい色に染まった。大原の山桜で染めた」とおっしゃってたそうです。

「珍しい染材だから、国産の絹糸を使ってみた」とも。

その職人の証言は信用できそうだ、と神苗は思った。大原の山桜で染めたという話は、箱の蓋に書かれていた「大原のミツコの山桜」という内容と一致している。

でも、「珍しい染材」というのが分かりません。大原は京都市左京区の山奥だから、山桜がたくさん自生しているはずなんですよね……。

他の桜と交雑したか、それとも自然に個体変異した山桜なのか……。職人さんも「大原の山桜」としか聞いてないそうです。

神苗にも分からない。どうにかして元気づけようと、「伊吹山《いぶきやま》へ行った時みたいに、土地の人たちに聞いてみますか？　僕は明日休みです」と返信してみる。

行きましょう！

元気が出てきました、伊吹山でうまくいったのを思い出したら。

よしよし、元気になったなら良かった、と思った後で、若干《じゃっかん》の妄想が湧く。

――もし、「神苗さんと一緒だと思ったら元気が出てきました」と書いてあったら、どう返事を書こう。

僕もです、という返事を思い浮かべたところで店員が日替わりランチを持ってきたので、妄想は即座に終了した。

結局、「一日予定を空《あ》けておきます」という事務的なメッセージを選ぶ。

返事が来たのは、食後のコーヒーが運ばれてくる頃であった。

神苗さん！

調べてみたらなんと、大原に草木染めの工房があるそうです！

桜染めもやってらっしゃるそうですよ。早めに解決したら、一緒に大原観光できますね！

会計を済ませると、神苗は意味もなく早足で職場に戻った。速く歩いたところで明日の来るのが早まるわけではないが、そうせずにはいられなかった。

＊

京都市街の北に広がる山の奥に、大原の里はある。バスから見える風景が市街地から住宅地になったかと思うと、突然周囲の山との距離が近くなる。八瀬《やせ》と呼ばれる静かな山里を過ぎれば、今度は土産物屋やカフェ、観光バスの停まった駐車場が見えてくる。景観が壊れぬよう配慮されつつも、大原は観光地化が進んでいるのだった。

黄色くなった田んぼのそばに真っ赤な彼岸花《ひがんばな》が咲いているのを、隣に座った実菜が指さす。

「神苗さん。彼岸花って田んぼの周りに生《は》えてることが多いですよね」

「街中にはないのに、田んぼや土手ではよく見るような……。何か関係あるんですか？」

「ネズミの被害から作物を守るために、昔の人が植えたらしいです。彼岸花には毒があるから」

「切実というか世知辛《せちがら》いというか……寺や墓地に多いのも、ネズミ避《よ》けかもしれないですね」

「あっ、きっとそうです。お経やお供えをかじられたら大変」

――いや、昔は土葬だったから、たぶん遺体をかじられないように。

と考えたものの、口に出すのはやめておく。のどかな山里の風景に似合わない話だと思ったからだ。

大原の観光情報をもう一回スマートフォンで確認しようと、ブラウザの履歴を呼び出す。

すると国内外の植物園や環境省、京都の有名企業であり府立植物園の取引先でもあるダイゴ種苗《しゅびょう》など、仕事に関係のあるサイトがずらずらと出てきた。

――今日は、植物園の職員じゃあないぞ、と。

観光マップを見ると、やはり目立つのは古い寺院だ。

「実菜さん、三千院《さんぜんいん》と寂光院《じゃっこういん》、どっちがいいですか？」

「両方がいいですっ。三千院や寂光院へ行く道には、コスモス畑があるんですよ。今日はいいお天気だから、いっそうきれいだと思います」

「いいですねー」

初秋の陽だまりに揺れるコスモスは、実菜によく似合うだろうな、と思う。

しかし、コスモスは見に行けそうにない。

大原の草木染め工房の主《あるじ》は、写真で『茜色の桜』を見るなり「ええっ、これ、桜で染めたんですか？　アカネで染めたんじゃなくて？」と声を上げたからだ。

「うちでは十年前からここで工房を開いて、大原の山桜でも染め物をしてますけどねえ。こういう色が出たことは、一度もないですよ」

主は四十歳前後の男性だった。

紫乃の父親、宏一が『茜色の桜』を染めた時にはまだ十代だったことになる。

「うちが大原の山桜で出しているのは、いわゆる桜色にベージュがかかったような色です。多少の濃淡はありますけどね」

と言って出してくれたのは、確かに肌色に近い桜色の布であった。

「この写真の茜色を本当に山桜で染めたというのなら、カイガラムシの赤紫を重ね染めしたんじゃないかなあ、と思ってしまいます。あくまでうちの経験から言うんですけど」

「そうなんですね……突然お邪魔して、失礼しました」

落胆している実菜を、主は気の毒そうに見た。

「うちが使っている大原の山桜は、灰原《はいばら》植木店さんから買ってます。この大原で長い間続いてる植木屋さんだから、聞いてみたらどうですか？」

灰原植木店は、自分たちの所有する土地から山桜を伐採《ばっさい》し、あちこちに売っているらしい。

「何十年も昔は、祇園《ぎおん》のお茶屋さん……つまり舞妓《まいこ》さん芸妓《げいこ》さんと遊べる店に卸《おろ》してたらしいですよ。今も時々取引してるんじゃないかな」

信用のある店のようだ。

「店の前の道を、山奥へ向かって十分くらい歩くと看板が出てますよ」

「ありがとうございます」

主に礼を言って、工房を出る。

実菜は観光客向けの喫茶店を見つけると、「寄っていきましょう」と言った。

「灰原植木店ってどんなところなのか、行く前に祖父に聞いてみます。メールで」

「お祖父さん？」

実菜や花弥の祖父母については、そういえば聞いたことがない。

「植物の仕事と京都のことには詳しいですよ。祖父も、祖母も」

「そうだったんですね。じゃあ、店からメールを送るということで」

注文した抹茶と和菓子を食べながら返事を待つ間、神苗はふと気になったことを聞いてみた。

「さっき、工房の人がカイガラムシを使ったんじゃないかって言ってましたけど、染料が採れるんですか?」

カイガラムシといえば、椿《つばき》などさまざまな園芸植物につく害虫だ。固い殻《から》に覆《おお》われているので薬剤が効きにくく、歯ブラシなどでこすり落とす場合が多い。

「採れますよー、紫がかった赤い色素が。ラック色素やコチニール色素といって、食べ物にも入ってます」

淡々と実菜は言い、赤い椿をかたどった上生菓子を菓子切りで口に運んだ。

——虫から採れた色素がそのへんに出回ってるのか……。ちょっとショックだ。

だが、虫そのままではなく精製された色素なのだからまあいいか、という気もする。

「でも、紫乃さんのお父さん……宏一さんが書き残した内容はあくまで『大原のミツコの山桜』ですし、織屋さんに伝わった話も『珍しい染材』ですから、カイガラムシと重ね染めした可能性は除外ですね。珍しくないですもん」

「残念。しかし、面白いですね。病気のもとになるカイガラムシも、染め物に有効活用できるって」

「ツワブキの蛍斑《ほたるふ》と似てますねー」

不良細胞によって発現する蛍斑が愛《め》でられるという現象と、相通じるものがある。

それにしても、共有する夏の思い出があるっていいな……と神苗がにやけていると、実菜はなぜか厳しい顔で、半分食べ終わった椿の上生菓子を睨《にら》んでいた。

「食べきれなかったら、残してもいいと思いますよ」

ひそひそ声でアドバイスする。

「違います。全部おいしくいただきます」

実菜は断言して、顔を上げた。

「今の話で、思ったんです。宏一さんが『珍しい染材』と言ったのは、何らかの珍しい疾患《しっかん》で傷ついた、大原の山桜なんじゃないかって」

「ああ！」

カイガラムシはありふれた存在だが、珍しい寄生虫や病原菌なら、他にもありそうだ。

「そして『ミツコ』という名前。たぶん、山桜を育てている灰原植木店に、ミツコさんて方がおられるんだと思います。そのことも併せて、祖父に確認中です」

――何者なんですか、実菜さんのお祖父さんは。

神苗が問おうとした時、テーブルの隅で実菜のスマートフォンが震えた。

「祖父から返事が来ました。やっぱり灰原植木店に『ミツコ』さんがおられるそうです。先代の社長の娘さん」

スマートフォンの画面を見ながら、実菜が言った。

「たどり着きましたね。『大原のミツコ』さん」

「はいっ」

画面をスクロールしながら、実菜は首をかしげる。

「灰原植木店は昔、設備投資に失敗して事業を縮小したことがあるそうです。水道や冷暖房設備にお金をかけすぎて、資金繰りが苦しくなった、と」

「どうしてそんな内容まで分かるんですか」

「京都は狭いですから。商売している人のこういう噂は、ひっそりじわじわ広がるんです」

それはそれで怖いな、と神苗は思ってしまう。

実菜は、椿の上生菓子を幸せそうな顔でたいらげた。

帰り際にもう一度祖父にメールを送っている表情から推《お》し量《はか》るに、すでに真相には近づいているようであった。

急な坂を上ると、「灰原植木店」という看板が見えてきた。

高い塀のそばで箒《ほうき》がけをしている中年の男性に、実菜は「こんにちは」と声をかけた。

「すみません、西陣にあるなごみ植物店の者ですが……亡くなった染色家の野森宏一さんのことで」

「は？　染色家の？　亡くならはったんですか！　いつ？」

実菜の言葉を遮《さえぎ》って、男性は驚きの声を上げた。寝耳に水、といった様子だ。

「先月のことだそうです。茜色をした桜染めのこと、ご存じですか？」

実菜の質問に、男性はこくこくとうなずいた。

「良かった、ご存じなんですね」

「なぜ、今……。宏一さんとはもう十年ほど疎遠《そえん》になったままで……」

男性は不審げに、実菜と神苗を見比べている。

「工房を継がれた娘さんの紫乃さんが、遺品の中に茜色の桜染めを見つけられて、府立植物園に問い合わせなさったんです」

「はい、桜でこういう色が染まるのかと不思議がっておられまして」

神苗が言い添えると、男性は「おお」と無念そうに言った。

「まだ、六十にもなっておられへんはずや……知らずにいたのも、間に合わなかったのも申し訳ない」

男性は、箒の柄《え》を握りしめた。

「私が、店主の灰原です。宏一さんが茜色の桜染めをしはったのは先代の頃ですが、事情はよう存じております」

「ぜひ、紫乃さんに会って、お話ししていただきたいんです。茜色の桜染めは一体どうやって作ったのか……」

実菜が言うと、灰原は目を見張った。

「なんと。黙ったままゆかれましたか……」

いたましそうな表情を灰原は浮かべた。

「なごみ植物店まで、お運びいただけますか？　紫乃さんもお呼びしますから」

「ええ、ええ。こちらも、お見せしたいものが。そうですか、もう娘さんが跡を継がれましたか……」

消沈《しょうちん》した声で言う灰原を実菜は優しく見つめていたが、ふと顔を上げて門の向こうを見た。その視線を追った神苗は、敷地の隅に建つ古びたコンクリート壁の平《ひら》屋《や》に気づいた。

——倉庫かな？　何でトタンじゃなくて、わざわざコンクリートを使ってるんだろう。

昔この植木屋は設備投資に失敗した、という話が思い浮かんだ。

この倉庫らしき建物も、失敗の名残《なごり》なのかもしれなかった。

＊

なごみ植物店の事務所で『三十九の二』の箱を見せられた灰原は、蓋を裏返して

「なんとまあ、こりゃあ」と呆《ほう》けたような声を出した。

「『信じている。大原のミツコの山桜』。こういう書き方では宏一さん、あらぬ誤解をされそうな」

「はい。父がこんな書き方をするものだから、母も私も動揺しました」

可笑《おか》しがっているような、憤《いきどお》っているような口調で紫乃は言った。

「実菜さんに、さくらという妻のために百回以上も桜の染め物をする人が浮気をするとは考えにくい……と言われて、それもそうかと思い直したんです」

「ミツコは私の姉で、今は結婚して下京区《しもぎょうく》に住んでおるんですが、宏一さんとはそういう関係と違います」

それを聞いて、紫乃が笑顔になる。

心配が杞憂《きゆう》だったと分かり、神苗はつい大きく息を吐き出していた。

「姉と宏一さんは、単なる高校の同級生ですわ。同じクラスの」

「えっ、高校。そんなに昔からの知り合いなんですね」

「はい、そして私は宏一さんの一年後輩で。宏一さんは高校までは大原よりちょっと南の八瀬にお住まいでしたんで、私ら三人、学校の行き帰りにしゃべったり、街中へ行く時にご一緒したり。仲良うさせてもらいました」

「若い頃の父を、よく知ってらっしゃる方だったんですね！」

不倫関係ではなかったと証言されたせいか、紫乃はリラックスしてきたようだ。

「知ってるは知っているんですが、この十年ほどは何とのう、用事がないまんま疎遠になってしもうて。お葬式にも伺えませんで……」

申し訳なさそうに言う灰原に、紫乃は「いえ、いいえ」と首を振った。

「それより、どんないきさつでこの布が染められたのか教えてください。母も気にかけています」

「うちの恥になることで、ちと言いにくいんですが……」

灰原が言いよどむと、実菜が「恥なんかじゃありません」と言った。

「失礼ですが、昔、冷暖房や水道に関する設備投資がうまくいかなかったことが

『茜色の桜』の誕生と関係しているのではないですか」

灰原が「なぜそれを」と呟く。

それはまるで、語りだすきっかけを求めているようであった。

「設備投資の件は、同じ業界にいる祖父から聞いたんです。まっとうな商売をして、うまくいかなくても立て直したのだから恥などではない、と祖父なら言うと思いますし、わたしもそう思います」

灰原は、わずかに下を向いた。

「その言葉、先代に……父に聞かせてやりたいですな」

灰原の思いを肯定《こうてい》するかのようにゆっくりとうなずいて、実菜は話を続ける。

「これはわたしの想像に過ぎないんですけれど、宏一さんが西陣の織屋であっさり『大原の山桜で染めた』と話したのは、ご本人がおっしゃった通り、よほど珍しい要素がその山桜にあったからだと思うんです。そしてその要素とは、開花調整ではないか、と」

「そこまで気づいてはりましたか」

灰原が目を剝《む》く。

「冷暖房や水道の設備投資で、家業が傾くような難しいプロジェクト。しかも桜を扱っている植木店。それなら、開花調整かと思ったんです。わたしたちは秘密を守りますから、話してくださいませんか」

　灰原が「ううむ」と視線をさまよわせる。

「あの」

　と、紫乃が一同を見回す。

「開花調整というのは、初めて聞いたんですけれど、どんなことをしはるんですか？」

「私から説明さしてもらいます」

　意を決したように、灰原が言った。

「開花調整いうのは、平たく言えば花の咲く時期をずらすことです。開花を遅らせる場合は、切った枝を流水にさらしながら温度の低い部屋で冷やし続け、咲かせたい時期が近づいたら温度を上げていく。言うだけやったら簡単、実際には難しい、金のかかる操作です」

　簡潔に説明して、灰原は実菜と神苗を見た。

「うちにおいでになった時、門から入ってすぐのとこに古いコンクリートの建物があったの覚えてはりますか？」

「はい、何でわざわざコンクリート壁の倉庫を、と僕は思ってたんですが」

「あれが私の父の代に、開花調整に挑んだ遺跡ですわ」

冗談めかして『遺跡』と言ったが、灰原の顔は笑っていなかった。

「私や姉が三十代の頃でした。父は、大原の山桜を初冬に咲かせて祇園の茶屋に納品しようと考えたんです。本格的な冬に入る前に、芸妓さん舞妓さんやお客さんが花見で英気を養えるように、と」

「素敵な企画やわ」

花弥がなぐさめるように言った。

「おおきに。しかしまあ、金も手間暇《てまひま》もかかる企画でしたわ」

肩を大きく上下させて、灰原はため息をついた。

「二月頃からコンクリート壁の調整室に入れ、冷房つけて、水道はほぼ流しっぱなしで、およそ十ヶ月。じわじわ温度を上げていき、春の気温にしてやっても、大原の山桜は咲きませんでした」

紫乃が、箱に収まった『茜色の桜』に目をやった。

「その、開花調整を試みた桜が……」

「そういうことです」

灰原は、眉間《みけん》に寄ったしわを指先でもみほぐした。

「父は、『家の恥や、刻んで捨ててしまえ』と言うたんですがね。姉は山桜がかわいそうや、と言うて……父に黙って、こっそり宏一さんに託したんです。宏一さんがさくらという女性と結婚して桜染めしてはるの知ってたから」

「こっそりなんて、できるもんなんですか?」

花弥が聞いた。

「こっそりと言うより、父を騙したんですわ。刻んで軽トラに載せて捨てに行く振りして、宏一さんに渡しに行ったんです」

「お姉さんのミツコさんは、父を信用してくれはったんですね。開花調整というプロジェクトが頓挫《とんざ》した件について口外しない、と」

「信頼と言うか、友情みたいなもんはあったんやと思いますよ。手紙が取ってあります」

灰原は端のすりきれた茶封筒を出した。宛名は「灰原昌彦」となっている。

「妻子持ちから独身の女に手紙出したら怪しまれると思わはったんでしょう。宛名は私になってます」

灰原は茶封筒から便箋を引き出すと、テーブルの上で開いた。

「父の字です。若い頃でも右肩上がりの字で、全然変わらない」

胸苦しさをこらえるような声で、紫乃が言った。

灰原光子様、灰原昌彦様

花が咲かなかったのは残念だが、すばらしい茜色になりました。一年近く低い温度で枝を養ったことにより、樹皮の成分が変化したのでしょう。

私に枝を託してくれてありがとう。染めた布は『茜色の桜』と名付け、大事にとっておきます。

ところで、こんなことを聞くのは酷《こく》かと思うのですが。君たちきょうだいの代で、再び大原の山桜の開花調整に挑むつもりはありませんか？

私はもっとたくさんの糸を桜の茜色で染めて、妻のさくらに着物を仕立ててやりたい。

もし開花調整を再開したなら、ぜひ私に知らせてほしいのです。

私は初冬の山桜を見るためではなく、この『茜色の桜』で染めた着物を妻に贈るために、開花調整を依頼します。

光子さんの話では、お父様は開花調整を断念した件を表沙汰にしたくない、とのこと。

狭い京都、狭い業界では残念ながら隠し通すのは難しいかと思うのですが、お父様のお気持ちはこちらも工房で商売をしているのでよく分かります。

妻をびっくりさせたいという野望もありますので、君たちが開花調整に挑むまで、この件は秘密にしておきます。

小学生の娘は将来染め物をやりたいと言っているので、あまり長い間秘密にしていると怒るかもしれませんが……。

ではまたいずれ。

また、茜色の桜染めができることを信じています。

野森宏一

「お父さんっ。わたしもう三十過ぎてしもたやないのっ」

と言った後で、ハンカチで目元を押さえる。怒るのも、笑うのも、涙を流すのも、すべて父へ向けた本当の感情なのだろう。神苗は黙って、紫乃を見守った。

「何やもう、笑うしかないです」

この場にいない父を、紫乃は笑顔で叱った。

「宏一さんは、私が父のように開花調整に挑むのを待つうちに、亡くなってしまわはったんですね。申し訳ない」

「灰原さんを責めてるんと違います。娘のわたしにくらい、教えてくれれば良かったのに……」

「紫乃さん」

ぽそりと、実菜は呼びかけた。

「紫乃さんとお母様のさくらさんは、とても仲が良いんじゃないですか?」

ハンカチを固く握り、紫乃はうなずく。

「よく話す方だと思います」

「きっとお父様は、お母様をびっくりさせるには、紫乃さんにも秘密にしなきゃいけないと思われたんです。たとえ紫乃さんが黙っていても、仲のいい相手が考えてることって伝わってしまうから」

実菜は少し顔を伏せた。

「わたしも、わたしの好きなものが、姉に伝わってしまったんです。黙っていたのに『好きなん?』って聞かれました」

花弥が、口を閉じたままほほえんだ。

何のことだろうな、と神苗は思う。

――実菜さん自身が作ったチャレンジ料理のうち、どれが好きか当ててみせたんだろうか。さすがお姉さんだ。

神苗は想像を巡らせた。ミントを添えたそうめんだろうか、醬油と松の実が入ったカップケーキだろうか。「好きなもの」が人間で、しかも恋愛対象を指すとは思いもしない。

「そういうことは、あるかもしれません。わたしは母に、どんな悩みも話してきたから……」

紫乃は苦笑を浮かべて、父の遺《のこ》した手紙に触れた。まるで苦労をねぎらうように。

「開花調整のお話なんですけど、なごみ植物店とダイゴ種苗が協力しましょうか？」

花弥が突然提案した。

——どうしていきなり、ここにダイゴ種苗が？

ダイゴ種苗と言えば、京都市に本社を置く種苗会社だ。伏見区醍醐《ふしみくだいご》で創業された有名企業であり、なごみ植物店と同じく府立植物園の取引先でもある。

「えっ、協力していただけるならありがたいですが……なぜダイゴ種苗が」

灰原も同じ疑問を持ったようだ。

「さっき、妹が祖父のことを『同じ業界』と言いましたね。わたしたちの祖父は、ダイゴ種苗の社長なんです」

「ほんとですか？　半年出入りしてるのに知りませんでした」

神苗の驚きを、花弥は笑顔で受け流した。

「ごめんやで、神苗さん。色眼鏡《いろめがね》で見られるのいややし、普段からこの件は言わへんようにしてるんよ」

「あっ、いえ、そういう事情なら」

　――そうか、花弥さんが若くして店を営《いとな》んで、探偵事務所にも予算がついているのは、ダイゴ種苗という資金源があるから。

　灰原植木店の苦境をおおまかだが知っていたのも当然かもしれない。企業は、資金繰りの苦しい業者の噂には敏感だ。

「植木店に伺った後で祖父にメールで聞いてみたんですけど、興味あるそうですよ。開花調整」

　実菜がさらりと言った。

「あのコンクリートの建物を見て『やっぱり開花調整してらっしゃったのかな』と思って、念のため聞いてみたんです。試みてる企業があったら出資するかって。そしたら、考えてみる、と返事が来たんです」

　灰原は、戸惑っているようだった。

　突然大きなビジネスの話になったら当然そうだろうな、と神苗は共感してしまう。

「もし口出ししても良いのなら、私からも開花調整への挑戦をお願いします」

紫乃が居住まいをただして言った。

「今日のことを伝えたら、母は喜ぶと思います。でも私はそれだけでは終わらずに、父の遺志を継いで『茜色の桜』で着物を仕立てたいんです」

「……姉に報告してから、考えさせてもらいます」

灰原の口調は、力強かった。

＊

紫乃と灰原を外へ送り出すと、花弥は「遅くなったし、今日はどこかへ食べに行こか」と言った。

「洋食屋さんどうやろ？　神苗さん、洋食は好きやろか？　西陣には気軽に入れるお店多いんやで」

「あっ、好きですよフライとかハンバーグとか」

好きと言えば、一つ気になる点がある。

「そういや、花弥さんが当てた実菜さんの好きなものって何なんですか？」

「え」

実菜が棒立ちになって花弥を見た。

花弥が「んー」と言いながら実菜を見る。

「内緒やな、実菜ちゃん」

「うん」

「内緒なんですか」

姉妹の間に、すぐさま合意が成立してしまった。これも仲の良い証拠だろう。

「ごめんやけど、お店で五分くらい片付けしてくるわ。ちょっと待ってて」

花弥が売場に出ていき、実菜も「わたしもちょっと」と奥の階段から二階へ行ってしまう。

手持ち無沙汰《ぶさた》だな、と思っていると、実菜はすぐに階段を下りて戻ってきた。

「神苗さん、見てほしいものがあるんです」

実菜は一枚の布を持っていた。

うっすらと桜色を帯びた、ほとんど白に近い布だ。

「桜染め。専門学校の実習で染めたんです」

実菜が両手で布を広げた。

「売り物になるようなはっきりした桜色は出なかったけど、記念に取っておいてあるんです。太陽の光に当ててるとだんだん褪《あ》せてしまうから、棚の奥に」

実菜は、薄い桜色の布を肩にかけてみせた。

「しまい込んだままで全然人に見せられなかったから」

はにかむように笑う顔を見て、神苗は初めて会った春の日を思い出した。

――春の女神だ。

伝承そのままだ。日本の春の女神、佐保姫《さほひめ》は春の霞《かすみ》を身にまとう。

「きれいですよね」

初めて会った実菜と、今目の前にいる実菜、両方に向けて神苗は言った。

「どんな学校だったんですか？」

突然、実菜の顔が紅潮した。

「待っててくださいっ」

と階段を駆け上がり、本らしきものを抱えて下りてくる。

「卒業アルバムです。東京の八王子《はちおうじ》の、寮のある学校で」

見てほしくて仕方ない様子で言いつつ、実菜は頁を開いた。

緑の広がる日本庭園で、作業服を着た少年少女が十五、六人笑っている。

「あ、ここだ」

すぐに実菜を見つける。顔立ちが今よりも少しあどけないのに気づいて、笑みが浮かんでしまう。

「土木と園芸の専門学校だったから、作業服の写真ばっかりなんですよー」

頁をめくると、小型のクレーン車を操っている学生の写真が出てきた。

「重機に乗れるんですか」

「あっ、いえ、わたしが在学中に取ったのは造園技能士2級ですよー。同じ寮の友だちは重機の免許も取ってましたけど」

実菜が頁の隅を指さした。

ヘルメットをかぶった実菜が、土に掘った穴に柱を立てている。

「庭の垣根を作る実習です。今思うと、クレーン車の免許も取れば良かったかも」

「すごいギャップですね。花屋と」

「プラントハンターを目指すんだから、持ってた方がいいかと思って。両親だって、巨大サボテンを日本に持って帰ったんですもん。すぐ海外にとんぼ返りしちゃいましたけど」

また頁をめくる。私服姿の実菜たちが広いキッチンで料理をしている。

「これは……学生寮ですか？」

「そうなんです。寮母さんがいない時、みんなでありあわせの食材を持ち寄ってチャレンジ料理してたんですよー。実習で作ったトマトとおやつの干しあんずでお味噌汁を作ったり、パンに鰹節《かつおぶし》とレンコンを挟んだりして」

「この寮が元凶、じゃなかった、源流でしたか」

今まで食べてきた実菜のチャレンジ料理を思い出し、神苗は脱力した。

夏に食べたミント付きのそうめんは、実菜は喜んでいたが、神苗は珍味色物の類《たぐい》だと思う。ちなみに花弥は普通の和風の薬味だけで食べている。

「どうして実菜さんは、変わった料理を作るんだろう……とは思ってました」

脱力しつつも、秘密を教わったような気がして嬉しい。

「専門学校の寮にいる間に、変わった組み合わせで料理を作る極意をつかんだと思うんです」

「何の養成所ですか、その寮は」

「トマトと干しあんずのお味噌汁も、京都に帰ってさらに改良したんですよ？　出汁《だし》を使うのをやめてさっぱり味にして、甘い白味噌とミディトマトを使って」

「……聞いてたらだんだん、おいしいんじゃないかと思えてきました」

実菜の瞳に明るい光が灯《とも》る。

大きな目で見つめながら、「でしょう？」とほほえむ。

桜色の布を肩にまとって、春の女神のような表情で。

桜

あとがき

この本を手に取ってくださって、ありがとうございます。

取材ノートを見返しながら、このあとがきを書いています。

文字ばかりの取材ノートの中で異彩を放っているのが、京都府立植物園を歩きながら書いたイラスト付きのメモです。

園内に生息する小鳥が、尾羽《おばね》を扇子《せんす》のように開きながら歩くこと。

温室の池を覗《のぞ》いたらナマズのような長いひげを持つ灰色の魚が群れていて、よく見ると金魚も一匹泳いでいたこと。

企画展で見た小さな日本庭園や水車小屋のこと。

まるで、楽しかった散歩の記録のようです。

執筆期間中の苦しみはあまり覚えておらず、取材で見た面白い物や、各社の担当編集の方々からいただいた励ましのお言葉は記憶に残っています。能天気なことです。

作中で言及した源氏物語の植物についてですが、京都府立植物園の公式サイトに、パンフレットがＰＤＦで掲載されています。『京都府立植物園でみる源氏物語の植物』というタイトルです。

また、広報部で質問を受け付ける、というのは作者の創作なのですが、京都府立植物園では毎週日曜日に植物園芸相談を受け付けておられます。

植物園だけでなく、染め物屋さんや鴨川《かもがわ》べりなど、現実の京都を歩きつつ「物語上の京都」を織り上げるのは楽しい営《いとな》みでした。

また、ファンタジー要素がないという点では、今回の執筆作業は冒険でもありました。同じ京都の物語と言っても、これまでに上梓《じょうし》させていただいた「からくさ図書館来客簿」「あやかしとおばんざい」シリーズには神様や閻魔《えんま》大王の部下小野篁《おののたかむら》、あやかしなどがひっきりなしに登場していたのですから。

この冒険には、担当編集者であるＰＨＰ研究所の横田さんに多大なご助力をいただきました。

分かりやすいご指摘をくださった校閲担当者様、装丁ご担当のｂｏｏｋｗａｌｌ様、装画を担当してくださったふすい様にも御礼を申し上げます。一人で取材ノートを書いていた時間が、皆様と一緒に仕事をしている今現在につながっているのだ、という感慨にひたっています。

また、どこかでご一緒できれば幸いです。この文章を読んでいるあなたとも、いつか。

仲町六絵

この作品は書き下ろしです。

本書はフィクションであり、実在の人物・団体等とは一切関係がありません。

著者紹介

仲町六絵（なかまち　ろくえ）

2010年に『典医の女房』で、短編ながら第17回電撃小説大賞“メディアワークス文庫賞”を受賞。受賞作に大幅加筆した『霧こそ闇の』でデビュー。

主な著書に、京都を舞台とした「からくさ図書館来客簿」「あやかしとおばんざい」シリーズのほか、『南都あやかし帖～君よ知るや、ファールスの地～』などがある。

元『塔』短歌会会員。

ＰＨＰ文芸文庫　京都西陣なごみ植物店
「紫式部の白いバラ」の謎

2017年５月22日　第１版第１刷

著　者　仲町六絵
発行者　岡　修平
発行所　株式会社ＰＨＰ研究所
東京本部　〒135-8137 江東区豊洲5-6-52
文藝出版部　☎03-3520-9620(編集)
普及一部　☎03-3520-9630(販売)
京都本部　〒601-8411 京都市南区西九条北ノ内町11
PHP INTERFACE　http://www.php.co.jp/
組　版　朝日メディアインターナショナル株式会社
印刷所　図書印刷株式会社
製本所　東京美術紙工協業組合

ISBN978-4-569-76705-5